琴腔

常小琥 著

北京联合出版公司
Beijing United Publishing Co.,Ltd.

献给姥爷

作者简介

常小琥，原名常凯，八零后，作家、媒体人。世代居京南城，爱老北京，爱女儿。

【序一】

许多画面，无须多言

小野

在台北的颁奖典礼上，我遇到了这次得了首奖来自北京的常小琥。他给人的第一印象是很亲切朴实，没有那种想象中的孤傲或沉默，不像他小说里的主角那样“独”。他蓄了点胡子却难掩一种年轻的气息，刚刚当上爸爸的他，每次要完成一件作品前，总要很认真地，花上很长的时间去他想要描写的行业现场蹲点，和那些人一起生活，并且做个别的拜访。这在今天，实属难得。

其实常小琥还有个更大的优点，可以令他成为文坛的明日之星，那就是他对人情世故有着极其敏锐的观察力，还有非常强的驾驭文字的能力，收放自如，自成一格。这是一种极高的天分，再多的认真也没有用。就像在这部令我们所有人都感到惊艳的小说里，他对京剧戏班梨园里非常专业的种种技艺的描述，以及对每个重要角色内心深处心思的掌握，让人以为作者必然是故事中的某个人，正在说着自己的故事。小说作为一种借由知识、生活、感受、经验交织而成的文类，《琴腔》成为这种小说的典范当之无愧。

在台湾，连续四届的全球华人电影小说比赛，有三届的首奖得主都落在内地作家手里。总有记者追问我为什么，其实没有为什么，如果硬要给个答案，那就是台湾社会对于各种文化上的竞赛不再受商业或政治的影响，已经有了相当程度的共识，那就是就作品论作品，类似这几年电影金马奖的评审一样，这应该是进步的台湾社会值得尊敬的地方。台湾人都能理解，当一个奖项在评选机制上越超然越公正，得奖人的荣誉感就越高。

每逢在评审会议上或是颁奖典礼上，每个发言的人都会忍不住要试图先给电影小说这个全新的文类下个定义，也就是“给个说法”。如果没有先搞清楚比赛的规则，争议和争吵必然会一而再、再而三地发生。主办单位的说法很简单明白，那就是希望这些得奖的，或入围决赛的，或入围初赛的，甚至为了参赛却落选的这些小说作品，可以提供给电影编导或制片人一个可以改编成电影剧本的原著。这个简单的目的原来无关乎电影中的文学性，或是文学中的电影感，但是在一次又一次的评审过程中，我们也不知不觉地将这样更深刻的命题加了进来。因此从这样的角度来思考，已经连续四年的征稿和评审过程，本身便是一项极具探索性和实验性的集体的心智活动，尤其是这些参与的人都是对文字和影像深具兴趣和专业的，因此用“挑战”和“刺激”来形容这四年的三段式评审过程并不为过。每一次的评审过程对每个参赛者和评审者来说都是“挑战”，挑战他们对电影的见解和对文学的认知，难怪这一届才加入评审团的作家骆以军说，这样的辩证过程相当“刺激”。比如我们会在评审过程中听到这样的见解：“这篇小说本身的节奏和段落充满了电影感，简直就像剧本。”“这篇小说虽然文字不够成熟，但是角色鲜活、情节饱满，很容易改编成电影。”这是两种完全不同甚至相反的评审标准，但是辩论到最终，还是会回归小说本身的分析，毕竟这个奖，电影是形容词，小说是名词。

在我过去从事的电影工作中最常做的一件事，便是代表台湾的“中央电影公司”向某个作家购买某篇小说作为改编电影的原著，在和作家交换意见的过程中，通常我都希望作家能够同意一件事，那就是不要过问电影编导将小说改编成电影的态度。简单地说，小说是小说，电影是电影，它们各有自己的特点。对我个人而言，将现成的小说改编成电影的理由有好几个，包括现成的思想主题、故事情节、人物角色和社会背景，包括在文学领域中可能已经拥有的知名度等。还有一个特殊的理由，那就是，我相信任何一个社会的文化累积都是从一个领域进展到另一个领域的，就像当许多漫画作品被人们喜欢和熟识后，就有发展成动画作品的潜力，文学之于电影也一样。20世纪80年代之后，台湾电影转向从文学作品中挑选的理由，正是因为一些电影工作者来自文学界，他们企图借由改编六七十年代的经典小说，来累积整体社会的文化深度。许多台湾当代名作家如黄春明、王祯和、白先勇、萧丽红、萧飒、李昂、七等生的作品因为被改编成为电影，对社会文化有了更加深远的影响。从这样的特殊角度来思考《当年事》(《琴腔》) 成为第四届华人电影小说奖首奖的意义就更清楚了。因为当前大陆的社会趋势和发展状况极类似于台湾20世纪80年代，一个经济起飞、消费主义挂帅的狂飙年代，在电影工业和电影市场上也进入了一种无人可以预测的狂飙状态。过去的人文传统和作为人的美好价值，在一切以消费市场为主的狂飙状态下，快速地流失。《当年事》(《琴腔》) 这部作品来自大陆，却在台湾这个重要文学比赛中脱颖而出，发光发热，这样的结果，其实是非常值得深思的。

或许，你会说你还是没有太明白“电影小说”的定义，那么就试着阅读常小琥的首奖作品《当年事》(《琴腔》) 吧。在阅读时试着用自己过去看电影的经验，想象着这部小说如果改编成电影会是怎样的面貌？

（作者为中国台湾小说家、电影编剧。曾获金鼎奖最佳著作奖、金马奖最佳原著剧本奖、亚太影展最佳编剧奖。）

【序二】

为京剧而作的一支安魂曲

走走

《琴腔》的美感，在于这篇小说的语言，这也是我第一次看就喜欢上它的原因。它有一种纯正的中国式句子的滋味，精准又非常能挑起气氛、渲染情绪。今天大部分年轻的小说作者，似乎太具备西方的现代性，因而再也写不出中国式的句子、中国式的意识、中国式的精神。沈从文的文气，到了汪曾祺那里，已几近绝响。

记得那还是2013年元月的初次联系，彼时的常小琥还是一位杂志编辑，一开始他只给我发来了小说的上半部分，两万来字，看得我意犹未尽。四天之后，在我的催促下，他发来了全本。小说中闲云野鹤般的“宗师”气度在京剧这样一个今天看来虽高雅却不合时宜的夕阳之物的衬托下，先有宏大底气，继而萧条破败。有人风光有人落寞，有人热闹有人平淡，最终却是烟消云散。再大的心结，也不得不释怀，正是人间世象。

我将初稿拿给《收获》送审后，同事建议：庞大气象隐现，何不写成长篇？于是这部小说，当年的5月有了第二版，从四万字拉扯成了六万字的小长篇。为了制造叙述的可能性，一个原本优美颓败的世界突兀地染上了血光，当时又觉得有些缺陷，于是我痛下狠手，在第二版的基础上又删回了四万字。整个删、校的过程，历时几乎一年。

我和小琥只在北京匆匆见过一面，据说这部作品建基于他多年的采访，但他却讲得自然天成。所有人物都不幸福，有的是因为太过聪明，有的是因为太过世故，有的又是因为太过清高。但小说最为成功之处在于一个八〇后的年轻人，如何以20世纪70年代的眼光和姿态，漫游在一个古旧的、精气神都在消逝的艺术的小世界。他凝神注视传统，想到它将荡然无存，他的目光中充满了忧郁，于是，华美的叙述中又带着委婉的放弃。

从叙事形式而言，小说是线性的，所谓平铺直叙，没有玩那些复杂花哨的手法。在人物的塑造方面，显然可见作者的性格。所有人骨子里都是善意的，即便是渴望权力的岳少坤，也因为安顿好了整个团，让大家都过上了更好的日子，显出某种淳朴的农民村长的气质。他不是没有气概和理想，只是自身有限的能力在更重视物质生活的时代推动下，虚胖成了勃勃的野心。

秦学忠这个人物一定是作者最爱的，写他的语言明显带有理想主义色彩。他的一举一动，都闪烁出精神的、灵魂的光芒，这说明作者对技艺这个行业的最高品质有着深刻的体认。然而最终，琴声无非幻象，生活总在迫使我们回到庸常。秦学忠所面临的庸常不仅是为了生计需要的走穴，还有一个很可能不是自己儿子的儿子。他的态度是暧昧的，他的眼睛不是看破红尘因而揉得进沙子，他只是迷恋美的价值。他太了解“美”是什么了，云盛兰那风韵犹存的美就是许诺给他的幸福。对美一以贯之的尊重，保证了最多的宽容，对感情深沉的忍耐和对夫妻关系理解的细腻。

我一直没有机会问一问小琥，为什么他要去写这样一个故事，为什么他想要去了解这些东西，他是预感到自己有可能是见证这些传统文化的最后一代人吗？为什么他觉得自己有责任，要保存对这些东西的记忆以及其中传承多年的情感？但这却使他的小说在大量虚构自我困境、只有“我”或唯独没有“我”的八〇后文本中脱颖而出。

里尔克在《杜伊诺哀歌》第九首中写道：

这些东西的生命，

在不断地逝去，它们知道何时你会赞美它们。

它们相信，速朽的我们，最为速朽的我们，会来拯救它们；

希望我们在看不见的心里把它们——无穷无尽地——变成我们自己！

带着一种如秦学忠一般的顽钝的天真，小说洋溢着怀旧的情调。京剧丰富的行业文化也给文本带来一定的历史深度，而这又和作者的心性心心相印，文字于是定格了京剧最后的回光返照，没有辈出的高手风云际会，只有一个孤独的秦学忠遁入一种境界。如果你不由得联想到阿城的《棋王》，那是因为这两部小说都淳厚、耐看，有浓郁的文化气息，同时，又都不像王家卫的《一代宗师》，缺乏真实的世俗气。有了形而下的吃欲、情欲、物质生活之欲，才能撑起形而上的“道”。琴棋书画，都是术，不是道；无所谓人生成败输赢，才是近于道。

小琥和阿城，写的都是本质上的“普通人、小人物”，即便有一瞬扬花吐实，纵恣人间，终究还是落于世俗，随遇而安。而秦学忠与岳少坤之流的差距，也许只在于，当整个世界洪流般向你涌来时，你仍然镇定自若任其灭顶。

虽然其实，我们每一个人都能到达彼岸。

（作者为青年作家，《收获》杂志编辑。）

目录

琴腔

秦学忠很独，他的京胡就和别人的不一样，份儿大的琴师讲究用上等黑紫竹或染竹打成担子，不仅花纹养眼，材质坚实，音色还清脆、透亮，跟在角儿身后，提上场，有里有面儿。这种档次的琴，须在琴行定做，要等很久才能拿到。秦学忠不是，他的琴居然是自己来做，选材还是次一等的凤眼竹，这种竹子虽也耐用，但往往第一节竹身尺寸偏短，烤成担子总不大好使。年底剧团放幕盲考，角儿都不在，几位老琴师聚在后台扯闲篇。烟气如薄雾般氤氲在化妆间里，正挂着笑靥缓步爬升，资历浅的都拎着琴，挤在门外候着，每人手里就跟攥着一根鸡脖子似的。头把琴徐鹤文左肘支着一张橡木方桌，被围在人堆里，一眼就瞅见秦学忠的这把担子，他把头一扭，笑着要借过来试，而秦学忠坐朝过道，做闭气凝神状，没搭理他。在身边同行异样的眼光中，老徐咧着嘴，摇了摇头，说："这孩子挺各色，家伙有点儿年头，就是琴轴偏了，还是枣木料的，意思不大。"几乎在他语毕的同时，这老先生的脸也拉了下来。此时，没人再言语。很多年来，后台能如此安静，这还是头一回。

大多数琴师都爱拉《柳摇金》和《夜深沉》，熟，可刚到一半，团长刘荣就坐不住了。"没一个是活着的！"他搭着腿，细密的眼睛透出刀片般的缝隙，眉心朝行政科主任小何使劲一拧，"还是板，暮气重，跟放糟了的面条似的，再来一个还这样就算了。"

直到小何蹑手蹑脚地从后台传话回来，幕后还是没有声音传出，急得她直磕鞋后跟。也就在那两三秒的当儿，台上台下，静如空寂，那一刻，甚至连幕布都比以往更加沉重，像是被一股气垒成的墙垛，纹丝不动。她留心瞄到团长却比之前要平静，似乎在等什么，她不懂。当一阵急切的快板过门骤然从幕后窜出来的时候，小何着实被惊了一下，她立刻又扫了一眼团长。

"这个行。"见团长张嘴就给出这话，她刚想跟着夸两句，又听到，"再等等。"

很快小何就知道，不用等了，团长已经跟起板式地敲着膝盖，两只眼睛很努力地朝外瞪，但看上去依旧像一对刀片。一曲《斩马谡》虽不复杂，快板也少，但简里有繁，就算看不到琴师的弓法，光是音准的严丝合缝，包括追求气氛时用劲够足，这就不像其他人那么发干、发涩。当拉到“快将马谡正军法”结尾时，三弓三字，不揉弦，一股肃杀之气，渗过幕前，弥漫到观众席，他禁不住地哼唱起来。

“这人琴中有话，不光包得紧，还能透出诸葛亮悲鸣的心境，该阴之处，如虫潜行，该阳之时，也有拆琴之势。跟前面那票老油子明显不是一茬人，这次我捡到宝了！”刘荣跟自己说到这儿，眼睛眯了下来，“可惜老云不在，否则这事儿就大了。”

“刘团长您看……”小何不明就里地候在一旁，不知哪句话该接。

“就他吧，直接办正式的编制，至于跟谁，等等再定。先让他住进来，你安排一下。其他人，让老徐再过一道吧，我还有个会。”

“秦学忠！拿好东西跟我走！”小何这声尖嗓，直接砸向后台，把他和其他琴师生生地划开，所有人的目光齐刷刷地全盯在他身上。秦学忠面无表情，夹着琴箱忙找退路，也没跟在座的几位老师傅打个招呼就撤了，令在场的诸位脸上都有点儿挂不住，臊得慌。很快，左躲右让间，一双懒汉鞋在锃亮的地面上,蹭出冷飕飕的“刺啦刺啦”声,且渐行渐远。

“没大出息。”老徐撣撣裤腿上的线头，嘟囔一句。

大院里还是有些闹心，尤其整个剧团，上上下下，都在传一个没评级的琴师，直接被刘团看中，但不知会给哪条出路，扰得秦学忠无所适从。傍晚，灰冷的天色把黄昏裹压得极低，一枚枚隐弱的微亮，被逼向道路两旁的树干处，闪烁出芒刺般的光束。他穿着一件藏蓝色的粗布棉褂，独自走在黑窑厂街过道上，阵阵阴风顺着两个袖口往胳肢窝里直灌。躲在戏曲学院传达室里的大爷，死活不让他进去，气泡管灯在屋里忽亮忽灭，伴着院墙里依稀传来的单薄的胡琴声，射放出一股绿釉色的照影。秦学忠想过街去买一块烤红薯，结果快走到南横街，才记起那股从胶漆桶里、被炭熏烤出来的甘香滋味，以及那阵“噗滋噗滋”的跳跃声，是从西面的自新路上飘过来的。时间有点紧，他还要穿过车流芜杂的虎坊路，顺着骡马市走回剧团。顾不上食堂人多嘴杂，咬牙吃完就走便是了。

铝制的饭盒拿在手里，就跟捏着一块冰坨没有两样。秦学忠闷头从食堂折回宿舍，溜着墙根，快步踏在泛着青光的灰砖路面上。一排挺拔平展的油松，裸露着肥厚的鳞盾，晦明交替间，树影随着晚风簌簌地摇曳，抻拉出苍劲的黑褐色叶鞘，如带刀侍卫般交错在他的脸颊上。走到松树林尽头，一个扁菱形的硕大躯影，忽然挡住了秦学忠的去路。秦学忠被迫站住，见有个穿军呢大衣的高个儿，直矗矗地跨到他身前，扬起眉毛，梗着个脖子，蹭过来问他，云盛兰先生晚上的演出，要不要去看。秦学忠点下头，说当然要看，高个儿很满意地一乐，又问，一起呗，托人已在前排占好座儿了，但要先把琴借他瞅瞅。他笑了一笑，没说话。高个儿立马再说，那你拉个曲牌看看总行吧。他应了一声，说成，吃完饭，去练功房切磋还是可以的。

等秦学忠真把琴拿出来，高个儿反倒不稀罕碰了，他继续梗着个脖子，两手插兜，靠着湿渍斑驳的墙皮，用下巴打着板，看对方拉《拾全福禄》，觉得也没什么劲。一副竹筒子般溜光精瘦的样子，提起琴，就是两根棍儿。

“我看过徐师傅的二鼓子，那都用黑老虎做琴担，琴轴是特选紫檀的料，琴皮专挑惊蛰后的野生乌鞘蛇，那皮子蒙的，花纹真漂亮，白如线，黑如缎，板儿脆。月初刚从店里提出来，不骗你，向毛主席保证。”高个儿冷不丁地冒出来一句话，他的声音很宽，在空荡的练功房里，更显得沉厚。

“你知道，胡琴还是老的好用，这琴是我在家做的，枣木又硬又有韧劲儿，能咬住竹子，不至于滑轴。其实用得顺不顺手，自己知道，不用给谁看。”秦学忠坐在一把铁架椅上，停下手想把琴收好，盯着高个儿，“你信不信？”

潮湿阴暗的练功房内显得闷热，憋气。高个儿紧紧地闭着嘴，没就这个问题跟他再掰扯下去，只是潇洒地迈步走向他身前，手还埋在兜里，又用下巴朝他一扬。

“我叫岳少坤，那天就排你后一个，谁想到你拉完琴团长抬屁股一走，把兄弟们都晾那儿了。”

秦学忠听了一怔，继续抬眼望着他，见这人把手从兜里伸出，不太自然地半握着。

“你也留下来了？那不错。我听开头几位回滑的基本功都不行，上滑歪味儿，下滑像猫闹春。”把心思从琴上移开，秦学忠这才打量着眼前的高个儿，有貌若潘安之相，不仅身形帅气，面如白玉，五官也很有大将之风，颇显俊伟。尤其他脖子一梗，男子气概十足，这么好的条件为何不唱武生？秦学忠心说可惜了。

“徐师傅第一个就确定给我转正，可惜让他听和请团长听，终归不一样。”岳少坤这次下巴没有再动，言语中流露出略带羡慕的口吻。

“谁来听还不是一回事。”

“你不会真跟他们说的那么呆吧，那天拔腿就走也不跟别人打个招呼。晚上还是徐师傅给云盛兰拉琴，大角儿，演完我带你进后台，好歹夸夸他新买的那把琴，算是拜会过前辈了。”

“等你真能看见他在台上拉那把琴再说吧。”秦学忠小心地收拾胡琴的动作就像个老头一样细碎，岳少坤在他身后一边等着，一边看着。

云盛兰真人有多美，不敢想，但只要她勒戴好七星额子，插翎挂尾，扎好女靠往台上一亮相，不论说白和工架，仅是剪水双瞳，就足能镇住戏院里每一处角落。特别是那套蝴蝶穿花般的舞步，迷乱人眼，连岳少坤都忍不住跟着叫好。但秦学忠真是来看徐鹤文的，老师傅今天特意穿上一件绣有暗纹的直翻、立领中山装，头发梳得纹丝不乱，透着干净，体面，宛如一座古式楼台，烘云托月间随着唱腔的开合起伏而俯仰晃动，他仅用目光与乐队交流，协调节奏、音量，在台上导板过门一拉，观众就开锅了，满堂叫好。把一折《穆柯寨》拉得时而如穿云破雾，时而又似浣纱小溪，而且穿插着加花双过门也很讨巧，犹如金石之声，动人心弦。但令秦学忠意外的是，徐鹤文今天果真用了那把新胡琴。新竹还没长结实就被砍掉做担子，过嫩，发音太细，师傅必须让出水分，显出竹筋，才能弥补嫩担子出音不足，通常琴师都避免急用新琴。他距离老头并不近，按说台上也瞧不准下面，但他就是能感觉到，徐师傅是在拉给他看，头把琴似乎就在等着这个晚辈。

“老实了吧，一会儿跟我乖乖去后台。”岳少坤又得意了，他终于能全情投入地为云先生喝彩了。秦学忠这才注意到，他的脖子一直是梗着的，而且发偏，每到激动处，偏得就越发离谱，那不是故意为之的潇洒劲儿，而是先天怪疾，这下终于明白他为什么唱不了武生了。

当演到“穆桂英跨雕鞍忙传一令”，秦学忠准备听最见火候的西皮导板转原板时，他却看到了令人揪心的一幕。过场前，徐鹤文忘记换琴了，他仍拉着那把做工夺目的紫檀胡琴不放。舞台灯晕将他脸照得里外通红，更要命的是，下面弹月琴、拉二胡的都在等着跟他来换调门，这一下全乱套了。就连岳少坤都能看出来，云先生快兜不住了，唱“慢说是天门阵一百单八，纵有那千万阵我也能杀”一句时明显不对味，脸都绿了，差点翻场，勉强撑台到最后还是冒调了。

“那把琴……”观众本来就是挑着看戏，爱找毛病，但这么扎眼的刺，很多人还是头回碰见。在场所有人的目光都锁定在徐鹤文那把琴上，但见老先生面不改色心不动，对眼皮底下一切状况熟视无睹，照旧拉着自己的调门，一招一式，有板有眼，只是那僵硬的肢体和荒诞的曲音，让秦学忠看着心碎。

后来他们听说，徐师傅鞠躬下台后，干坐了整整一晚上，云先生直接通知刘团，换琴师。剧团里的人都在传，云先生真是个手起刀落的角儿，杀伐决断，不含糊。剧团里的人还传，这两位是从穷途末路时就搭伙演的，亏是老徐亦父亦兄似的帮衬，云先生真成了角儿，这才一得剧团今日的否极泰来。剧团里的人还传，当年老徐靠左右手都能操琴这个绝活，招来不少看热闹的，真是救过剧团一命。如今，他嫌分的好处少，排戏前总摆谱，老想拿一把。云先生嫌他不听话，卖弄技巧，喧宾夺主，俩人的恩怨也不是一两天了，正愁没机会换他。这次老徐又玩花过门，扽龙尾巴，弄不好团里要记他舞台事故。

琴师在戏台上的位置，独一无二，坐在乐队左前方显眼的位置，面朝舞台纵深，侧向斜视观众，一分一厘，洞若观火。在他们眼里，京剧完全是另一种时空，另一个世界，所以他们最有资格引导甚至劝教演员。早年间，乐队多簇居于演员身后最上方，得有“场面先生”一说，因是京胡犯忌，改用笛子伴奏，后因戏目丰富，笛音过于单薄，只适于昆曲，所以京胡又接过衣钵。但自古至今，角儿与琴师，都是君臣关系，永远得绑着，那时琴师从来不单独开钱，都从角儿的戏份里分，这叫“脑门钱”。说白了，整个剧团都是靠角儿一人养活，也不为过。这些规矩徐鹤文不可能不明白，问题是他这么做，到底图什么？

秦学忠不断回想那天演出时的每一个纤细瞬间，他发现老徐居然是朝他这边笑了一下！以秦学忠对人情世故的理解程度，他根本无法揣摩那层笑意，或许在常人看来，那根本就算不上是笑。况且那晚老徐操琴如端枪，上好的一把紫竹京胡，浮夸躁动，不安分得像一匹熬到殊死一搏的困狼。徐师傅如果分心到台下，那究竟是想暗示他什么？秦学忠想不通，莫非老人就在等这样一个场合，自己成全自己？

在去湖广会馆的路上，他把这个疑惑告诉了岳少坤，对方冻得直跺脚，然后却毫不上心地反问了他一个问题：“你怎么还在想这事？早翻篇儿了，老徐已经办好退休准备挪窝了。”

秦学忠知道，老徐在剧团的资历比刘荣还早，除非他自己申请，没人能动他，眼下这个局面其实就等于一出《勘玉钏》，赐他一条三尺白绫。“跟角儿呛呛，她死在台上跟你有关系吗？他也逗，不是喜欢自己拿板吗，回家爱怎么拿就怎么拿，下次你再瞅见他，保不齐就是天坛公园或者哪个工人俱乐部里了，能有一帮票友捧，五毛钱，听一天。”

高个儿回头看了一眼从身边呼啸而过的102路电车，后悔没上去，他皱着眉头，从怀里掏出一根“春城”，递给秦学忠。

“徐师傅专攻程派，还懂唱腔，全不是你我所能及，家有一老，如有一宝，何况他不仅六场通透，而且托腔圆润，过门、垫字，疾徐有度，自成一派。剧团就这么踢他走，寒人心。”

“那他也得给你托才行啊，观众看戏，终归还是看角儿，混在剧团，不过四个字，‘托保随带’，咱得跟着行腔随机应变，给演员托舒服了，这戏才好看，人家才愿意带你唱，否则你去哪儿找饭碗？”寒风吹起来跟刀似的直削脚面，岳少坤歪着脖子，再使劲嘬，火柴也根本点不着烟，手指冻得像胡萝卜一样。路过腊竹胡同时，刚好碰到卖烤红薯的，热烘烘的香气扑鼻而来，两人一人买了一个，捧在手里继续走。高个儿问他这东西有什么吃头，他说小时候闹自然灾害，他就是靠吃红薯藤活下来的。

高个儿的话，字字在理，这都是琴师安身立命的根本，走到前门饭店门口，秦学忠找个背风的墙角把烟点上，他开始后悔那天在后台没给老徐敬上一根。

“你现在应该操心的，是云先生换琴，要换上来的会是谁。”岳少坤将拿烟的手伸过来想借个火,话递得又近了一步，“多少人在盯着他这个缺，做梦都想给他填坑。琴师和角儿，就是鱼和水，你要想方设法和角儿的唱腔融为一体。记我这话准没错，早晚有一天你吃上跳虾仁了，你得谢谢我。”

徐鹤文也是个宁折不弯的主儿，团里本意是把他调到业务科，干点务虚的工作，挂起来养老。但他不肯，临走前想辙把关系放到院里去了，阴风暗雨的弄得刘团有点狼狈。他还特意托人给秦学忠带了句话：戏台椽角，你我之命，相猜未相伴，拉琴即拉人。

他听后也没给回话，只是徐师傅那晚的风雨之势，以及若现若无的笑意，总时不时地回荡在脑子里。

其实那次在化妆间，秦学忠正用脑子给自己拉琴听，四四拍、一板三眼、四二原板、四一流水，全在心里过谱。他始终认为，琴，拉的不是声响，而是心气，未必要多大动静，但整个人一定要沉，要进去。小时候看书，清代人王士禛写过一本叫《池北偶谈》的集子，有句话是：“笔墨淡远，摆脱畦径，虽士大夫无以逾也。”所以要让他说，做琴师的，“淡远”二字，应为圭臬，做人做事，于情于理，都逃不出它，尤其是对琴。

云先生把话说得很明白，这次换琴师，就是要用秦学忠。剧团里的人全说是刘团使的劲，生怕这热闹马上烟消云散，都来探小何的态度。小何把话撂得更明白，大家最好都盼着少有差池，琴师能给云先生拉熟了，团里过年才有钱发，热闹再大，不能当饭吃。

剧团的人也并非外界想当然以为的那样，冬练三九夏练三伏，这里的日子活色生香得很。大院最外面那栋楼的一层，给了小何主事的行政科。二层打通中央几间屋，辟出了那个练功房，再往上就是宿舍，两栋被爬山虎沤出青苔水印的大灰楼，南北比邻，其实都高不过五层，但街面的人望过来，都说还挺气派的。梨园人吃饭都是吃的倒三顿，晌午前，别说练功，谁敢在楼道里咳嗽一声都是找挨骂。一到饭点儿，不论是角儿是龙套还是敲锣打铙钹的，借葱借煤，挨家挨户抢厨房生火做饭，焖炒烹炸，光是煎鸡蛋和剁腊肉，就能将整栋楼连成一片。酒足饭饱再睡一顿午觉后，才会有人逛荡到练功房，沏一壶铁观音，溜嗓子压腿。

云盛兰也一样，晚上没到演出绝不动筷子，登台前照例灌几口温开水，《夺锦标》《战濮阳》一口气钉下来，扮相娟秀，台风稳，武工干净利落。最挑剔的老戏迷，也不会在她身上吝啬掌声。尤其一出《女杀四门》里的刘金定，四击头亮相生脆利落，鲜红刺绣大靠、雉尾翎、狐狸尾一扮上，艳。最令人叫绝的是她点步、翻身时，手眼身法，拿捏精准，赶的就是一个俏劲，靠旗飞扬一刹那，英气逼人。每到此刻，刘团都能听到满堂叫好声，乐得他红光盈面，双手合十。就连云先生自己，卸妆后也极其兴奋，跟其他旦角儿能在饭桌上通宵聊戏。

但秦学忠不是这套练法，他天刚擦亮时，人就必须在法源寺东口拉琴，那儿有间对外文化研究所，所里空着个半地下自行车库，躲进去坐车后座上，脚踩着车支子，一待就是一天。被地面截掉一半的窗户，只有上半部分能看见外面的操场。在这里，就连时间仿佛都被切割，四季随着回荡的琴声在眼前更替，或是烂漫夕照，或是弥漫空际的漫天飞雪。有时候入境了，一曲《夜深沉》，竟能令他回到己亥年腊月，遥见于乌江口自刎的楚霸王。团里烟火气太重，想求得淡远，难。即便最简单的心安理得都不好保证，更何况内心的宁静，他只愿诸事落得个顺其自然，便是福分。

团里一个打小锣的过来传话，说云先生怒了。

云盛兰压满身的下腰功，就连资格最老的武生都认，平日只要她在房里练鹞子翻身、探海射燕，别人就只有看的份儿。团里少有武旦上台使的左右旱水，她咬牙硬要在木桌上练成精，嫩滑的双臂先撑桌缓慢起顶，全身匀称用力，徐徐下落，同时双腿前够，足尖抻到头部，再落下从后向左旋转，直到一臂独撑桌面，整个身体完美地悬俯亮住，左右旋身，一个台漫，最后从桌上腾空而下。整个过程，一气呵成，空顶时舒展挺拔，摇摆中如同展翅，那是真下血本练就的硬功夫，但这个活儿，别人连看的份儿也没有。

所以见她正在一条军绿色海绵垫上练云里翻，秦学忠刚进门便扭头就走。

“走哪儿去你，你是琴师。”

“我以为是杂技团的人来借场地，走错门了。”

云盛兰忍住没笑，仍板着个脸，抻了抻身上朱红色的美丽绸练功服，下身一件淡紫色灯笼裤，把皮肤衬得越发白皙，还特显帅气劲儿。她拉了两把凳子过来，坐近了他才发现，卸下戏妆后的云盛兰，对旁人完全是另一种吸引，标致的鹅蛋脸和一双水润的杏眼，天生就属于戏台的美人坯子，一缕长发黑亮稠密，垂肩时又略带俏劲。秦学忠注意到她脚上一双内联升的轿夫洒鞋，黑面白边，双脸带筋，透着虎势，老舍先生笔下的祥子就穿这个。

“怎么，没见过？这鞋软，吸汗，轻而生风，一师哥送的，穿着舒服。”

这话臊得他不好再看，两人就按商量好的走。

“嘿，你这琴可够旧的，今儿先试试散板《四郎探母》吧，你帮我搭个腔。”她用纤长的手指在他面前一晃，秦学忠心里一提，真看不出这个心劲儿极高的女人，能大上自己三岁。先听她打引子，他明显感觉，云盛兰能在工架上出彩，全靠拿命搭进去磕下来的，行话讲叫山后练鞭。至于文戏，唱腔上必须得有人托着她，时刻点她，注意随情节和人物情绪的需要而变化。单靠她一人找调，离程派“声、情、美、永”的标准还差得远，所以琴师必须多她几个心眼。她的唱功有优点，嗓子亮堂，但瑕疵也很扎眼，到《坐宫》时他的琴一进来，她那种华美委婉，总欠感觉。当唱到“说什么夫妻情恩德不浅，我和你原本是千里姻缘”时，一走西皮快板，她就有些跟不上了，竟忘了在哪里偷气，一下子断在那里，也轮不到自己搭腔了。

稍静片刻，云先生没再言语，秦学忠不好多问，依旧继续。不知谁开的窗户，一股凉风顺着缝隙吹进来，霞光折射在窗台的花岗岩石面上，从她的肩头洒到胸前，一股股红晕映得她脸粉扑扑的。他少有地抬起眼皮去观赏云盛兰，见她微垂下颏，似有心事。忽然正被她那双圆眼逮个正着，手里的胡琴立刻拉走了一板，这回云先生没忍住，“扑哧”一声乐出来。

稍作磨合后，秦学忠看出她今天情绪和嗓子都不太灵，就把调定低一点，托着她。再到后面，两人便愈发默契，哪儿有气口，小腔变化，他都心里有数。云盛兰唱快板节奏也渐入佳境，一句明枝亮叶，一句深情内藏，到后面还和他使了个“鱼咬尾”抢拍着唱，秦学忠的手竟然史无前例地在中途微有抖颤。

“行了，有点累，先在这儿打住，我给你放段音乐吧。”她走到玻璃镜一角的功放音响前，随手打开，里面传来一首低缓深沉的无伴奏大提琴组曲。那旋律盖过风声，仿佛可以为绚丽的夕阳碾成一股朱砂般的金属色。

“你平常听 Bach 吗？”她在说“巴赫”时，特意念成英文原音，所以秦学忠听到的是“巴哈”，她说得很轻，他没反应过来。

“每天听一点 Bach，生活就会更好一些。”她感觉有点自讨没趣，“不过我没看错人，你人是挺面的，但琴不撇劲，也不坠着。你摸对了我的唱腔规律，我喜欢干净，简练，你能托得住，说明不仅会拉琴，还懂人。和你搭戏，挺舒服，真的。”她眼睛里确实有股劲儿，能激起人心底最深的躁动，像被刀刃拉过一道似的，秦学忠没说话，不好意思地回敬了她一个笑脸，他觉得心脏烧得慌。

"刘团跟你说了吗，年底剧团在大戏院有个大型演出，我压轴，咱俩这几天抓紧排一下。"天色就快暗下来，云盛兰起身收拾衣服，再去关音响，"你平时一点儿古典音乐都不听吗？"

"听，一点儿还是听的。"他撒了个谎。

"我最近想把宫调，念白，尤其是尖团字砸瓷实了，这两天一起去看几场演出吧。"她一通忙活后，走过来，低头直视着他，"屁股够沉的，起来。"秦学忠赶忙松开踩着的脚蹬。

逆光中，云盛兰修长的身形被勾勒出一道柔美的剪影，他认定她就是那种戏台上的女皇，无意中发散出的魅力，不是这个剧团所能消受的。

唱腔讲究有法有度，而无定谱，要靠演员自运神妙。但余后几日，秦学忠发现云盛兰虽清楚自己的短处在哪儿，就是使不上劲儿。等摸透她的唱功特点和用嗓习惯，再见她吃不对的地方，他就暗中拽着她，托得严丝合缝，唱得舒服之极，几弓子就拉通了。云盛兰得以扬长避短，却有一种是由她引着唱腔走，琴师随之而动的假象，新组合没几年的默契积累，在信任不多的情况下，想糊好这层窗户纸，不易。

对于看演出的时间，云盛兰安排得非常紧凑，两人顺着煤市街，走访前门一带几大戏院的演出。秦学忠发现自己很少留意过武旦的神韵，但这是读懂剧情、深入角色内心的钥匙。演《取金陵》时，云先生目不转睛地盯着戏台，很久，到了八面演员朝中间演张秀莲的武旦打出手的时候，几件兵器轮番连踢带接，每一下，云盛兰就跟着皱一次眉。

“刀马和花衫都可以兼，不必专工，但武旦是硬功，保饭碗的。”她只是说话，眼睛仍是不动，“你看这些演员，生用劲，少弹力，迎面骨和脚脖子一定都是肿的，枪落下来很容易掉块皮，一旦受伤，很长时间就不敢再踢了，这还只是皮毛。武旦的舞台寿命短，不会别的，等着饿死吧。”秦学忠第一次见到坐观众席的云盛兰，他很奇怪，大戏院的演出在即，云先生却不评高下，不品好坏，只谈忧心，但看她始终僵着身子，他不知该怎么接这些话。

自从搭上云先生，秦学忠发现两个同龄人很快就亲近起来，她对自己也远不像别人那般高高在上，逐渐他的生活规律也就完全跟着对方转。所以这天难得有空，岳少坤招呼他一起去买清华池对面的天津炸糕，他就答应了。晨曦穿过枝枝蔓蔓的树丫和有轨电车线，就像给青灰色的早高峰插上一把把利剑。满大街的白山牌自行车和闪耀在摊贩手中的一桶桶黄澄澄的菊花晶，为年关添了几分聒噪的喜庆气氛。一到这，秦学忠就后悔了，三五百米的队伍，一小时也排不完。

“见识了吧，吃炸糕都比看戏的人多，斜对面梨园剧场，最卖座的是录像厅，开玩笑，那可是建了一百年的活化石。”岳少坤用胳膊戳了戳他的肋叉子，扭脖子指给他看。他俩站在一起，就像两块没撕匀的布条，一个窄细，一个宽粗，碰巧大院儿里有几个同行路过，招来对方默默的斜视。

“他们干吗那么看咱俩？”秦学忠感到很不自在。

“不是咱俩，人家就看你，傍上云先生的红人。”高个儿拍了拍他的肩膀，依旧梗着个脖子，“过年在大戏院一压轴，你就成了，当然要羡慕你。”

“那眼神不是你说的这个意思，至于吗，都是凭本事找饭碗。”

“什么是本事，你告诉我。”高个儿突然很认真地问他。

“这你不懂？托腔圆润，包腔紧凑，弓法纯熟，所谓衬托垫兜，严足帅博，都是老先生传下来的。”

“错，我告诉你什么叫本事，这几百号人排队都想吃着热乎炸糕，你能走过去就吃上头一份，这算你的能耐。同样的道理，团里大家都拉琴，人家就拿死工资，吃不饱，也饿不死，你一个月光奖金都能挣五十块，这就叫本事。正所谓曲如其人，干这行的，没几个是善碴儿。这个团，屁大的地方，谁傍角儿，谁压轴，凭的，就是三个字。”岳少坤四下瞅了瞅，再凑近一步，为了脖子方便，他把身子像圆规一样挪过来，低头朝秦学忠说出了那三个字。

“你疯了吧？”秦学忠急了，他的声音有点大，排在前面的情侣忍不住瞪了他们俩一眼，弄得岳少坤有点尴尬。

“我问你，团里除了跟我，你和谁说话能超过五句？”这句话还真把他噎住了，“说你聪明，刘团一手提拔你上来，你可曾想过去谢他？你的关系、住宿和待遇问题，何主任为你跑上跑下，你请她吃过一顿饭吗？说你傻，你却知道整天黏着云先生，我劝你和她在唱腔上融为一体，也没让你们俩人往一块儿融啊？琴师和角儿是鱼水关系，那和男女的鱼水情是两码事啊。我特想问，这大院儿里包括我在内，你看得上谁？”

“你琴拉得不错，活泛。”

“我几斤几两自己清楚，他们都管我叫万金油牌琴师。”高个儿把搭在他肩头的手放下来，但还是低着头，大有点儿顾影自怜的意思。

“你进团以前，不是有过几年学小提琴的底子吗，素质差不了。对了,你有巴哈的磁带吗？”秦学忠吃不准英文发音,不中不洋地说出来，高个儿听了直纳闷。

“是巴赫吧！”岳少坤敏锐的反应把秦学忠吓了一激灵。“其实西洋乐很有意思，和京戏的乐理也相同，而且拉京胡的琴师，作用之重要远超过交响乐队的首席小提琴师。你想搞新路子？不过人家都是西学中用，你胡琴的底子很厚实了，何必再倒过来捡提琴的瓜蒌。我还有两盘格里格和勃拉姆斯的带子，你都拿走听着玩儿吧。”高个儿说完就想走，不再跟着队伍。

“你干什么去？”

“这个队我排不起了。我爸汇了笔钱过来，我还要去天桥商场买五粮液和中华烟。你吃肉，我讨汤，过节前得打点一下刘团，再没新戏带我，年也甭过了。你回去吃你的红薯藤吧。”

距离在大戏院演出的日子不多了，练功房里的云盛兰看上去有些焦虑，她逼迫自己进入状态。秦学忠帮她新沏了一壶铁皮石斛，加了点玉竹和麦冬泡在里面，养嗓子。茶水如祖母绿般剔透，跟窗台搁着，很好看，整整一天，她连动都没动。从开嗓找调门，再到对腔，她多一句废话不说，而且整个人都发紧。对着窗边这一枝迷人的剪影，秦学忠实实在在地替她捏一把汗，看不懂这个坚韧的女人到底扛着什么。有时竟会从心底涌出一股，想紧紧搂住她的冲动，两个人也好都能停一停，想一想。

他拉琴有个习惯，左手不一定要和演员一样，音符如果一样，很难听。拉快板只能裹着走，演员唱一个音，他就拉两个音，托保随带，他觉得左手跟演员不一样没关系，只要右手步伐整齐，记住多少句，在最后一句找齐，正拍，往里拉，齐活，但并非所有人都适应这种习惯，尤其是角儿。

“‘听他言吓得我浑身是汗’这段，旦角儿西皮流水比老旦、花脸的流水要慢，除第二句‘十五载到今日才吐真言’是过板起唱，其他各句都是板上起。这种在全段里碰着板唱多于过板唱的流水很少见，你在这地方用点心。”两人还在磨《坐宫》，听她对细节这么一嘱咐，秦学忠愣了一下神，角儿这意思很清楚，不要欺负人。直到拉西皮流水板的《锁麟囊》，托腔时，他特意熨帖她的气口顿挫，拔倒刺似的想把症结剃出来。

“调门起低了吧？而且跟得我很不舒服。”她停了下来，很严肃地问他，但架势依旧摆着。

“你今天唱得不太痛快，是不是受凉了，嗓子是风火衙门，我要跟着你的状态定弦。”见他一番关切后，云盛兰没再说什么。她的嗓子尖亮有余而低柔不足，从刀马旦改唱青衣会吃亏。秦学忠愿意帮她蹚这条路，所以随着她渐入状态后，他特意在小垫头上做了些变化，用连弓、快字填补空腔。

“能不能别在我的唱腔里加这种垫头，容易乱，另外你跟得我太紧了。”她发髻下渗出的汗珠接二连三地朝下滴淌，皱起双眉的样子令秦学忠心疼了一下，他一时没对答上话，“我不是让你去听巴赫吗？他的音乐精髓就在于中庸之道，你不能借鉴借鉴？”

“我听了，这么说吧，西洋乐所谓的板式，指的是情绪，与京戏的快板慢板不是一回事，它的节拍并没有改变……”

“你知道我为什么把徐师傅换掉吗？”云盛兰收起架势，手叉腰上，身子正对着他，一条长腿朝自己迈了一步，突然把秦学忠问蒙了。“他就爱在我的唱腔里用花字过门，又不肯随我的腔。当初看你抓腔不错，而且也不看谱，才轮给你，你是要走他的路吗？”她语透寒意，冷而发狠。

“徐师傅的花字我见识过。”秦学忠从容地把琴横着放好，轻拿起垫在腿上的毛巾，擦拭着酸胀的手，不再碰触她追问下的眼神，“他的技巧说好听了，像珠滚玉盘一样，华丽，漂亮。

说难听的，就是贼，我们做晚辈的，无从指摘。你的嗓子尖而单，他在有意丰富你的情绪。过门是琴师的领域，他怎么选择，有他的道理，不见得你就都对。如果完全随腔，那不变三弦拉戏了？”

“你跟得我太紧了。”她无意再争辩下去。

“嗓子就像猴皮筋，不抻即回，调门的高低，琴师自有把握，况且我们都是根据你的状态和自身条件来定调，所谓衬托垫兜，针芥相投，我不失职。需强需弱，不能死板随唱。”

“我说！你跟得我太紧了！”

她的声音如排山之势的阵阵鼓浪般，在练功房里反复游荡。以前总听旁人说起，这是秦学忠头一次真见到演员翻脸，他不确定楼道外是否有人能听到，更无法确定的是，这句“你跟得我太紧了”到底是什么意思。

走之前，云盛兰独自收拾东西往包里填，他就站在她身后。牛仔包与丝巾、首饰盒之间产生刺耳的摩擦声，从她执拗的动作和表情上看，那分明不是在收拾东西，而是他所见过，最孤独、最沉默的一种抗议。秦学忠看得出，她身上有难处，但在她周围，分明被一种强烈的抵触力，划出了一条界线，令他进退不得。

或许是意识到自己失礼的过激反应，云盛兰当天晚上就托两个师兄来找秦学忠，意思依旧很清楚，别太往心里去。这帮唱花脸的一向很少跟拉文场的琴师打交道，站在宿舍门外用鼻孔往里探，秦学忠狭细的身条甚至掩不住门缝的空隙。一个国字脸师兄驼着背，瞪着一双大眼，先朝他点了一下头，又借个火儿就在门口抽起来，其实那不是抽，而是用食指和拇指捏着烟蒂往嘴里嘬。大致是说，角儿再大终归是女人嘛，不看僧面看佛面，她从没跟男人服过软，是爷们儿明天接茬过去拉琴。递完话，这帮人就进了对门锣鼓师的屋打牌去了，把他晾在门口，气不打一处来。

“明明是正大光明探讨业务，弄得却像娘家兄弟劝和似的。”他越想越窝火。

半夜，这俩师兄从对屋出来，国字脸临走前还特意敲了一下他的门，提醒他明天一早就进练功房。

“不去了。”门没开，里面传出来的话，丝丝薄薄的却透着一股尖酸劲儿，“都听角儿的不结了吗？那就没什么好排的了。”

“眼下都什么时候了，你他妈跟谁耍娘们儿脾气！”国字脸推门就闯进来，一掌把门闩上的螺丝直接弄崩了，“团里新从院上挖来一个女旦，刚过二十，工青衣，也会武旦，你能体谅一下她吗？我这算是跟你掏心窝子的话吧。”秦学忠仔细打量着他，他光用胸廓肌就能直接把自己碾死。

他有点乱了，“国字脸”所谓的掏心窝子，云盛兰的难处，以及岳少坤所说的本事，这些风马牛不相及的零碎，他从未仔细想过，跟他拉琴也扯不上关系。他的领口被揪得老高，“国字脸”右手就差攥一把铜锤，令他想起《二进宫》里的徐延昭，还有戏里那一句“我好比鱼儿闯过了千层罗网……”

清早，冬至前的珠市口，砖路蜿蜒多翘，再被刷上一层绵薄的霜气，凝结成令人疑心的镜面，像一个女人醉卧在床榻，背上铺着一层珍珠衫。院墙内外的槐树枝，枯化出一条条尖细的炭黑色暗线，交织着街巷上空的灰霾，正密谋着缝制一张凌乱的筛布，罩在秦学忠的头顶。从校尉营胡同，一直往西到粉房琉璃街，他习惯迈开双腿随意走进哪条岔路，任由脚腕去逐步适应那不令人信任的冰面。心里一绷一松的，比跟人打交道有意思多了。为保护吃饭家伙，琴师通常忌讳上肢运动。最要紧的是这种冷寂而干硬的短暂时光，令他清醒。回想这些天拧起劲来，一心闭门练琴，竟真舍掉了回练功房排戏的事，跟高个儿也没再见面。云先生毕竟是角儿，到头来耽误的还是剧团年终演出，不应该。

他麻着头皮磨蹭回到剧团，却发现院里走动的人格外少，冷硬的青砖墙外沿会支出一根熠熠耀眼的铁皮烟囱，石灰水泥地面和墨绿的自行车棚，还有财务室北面女儿墙上的扶栏雕，以及依傍着一楼行政科，于秋日里噤若寒蝉的梧桐叶，只要秦学忠一站进大门，都仿佛被糊上一层无趣的石蜡。平日泪汗交织的人际网格被涂抹干净，即便零星几个录音师，瞅他的眼神也很不自然。他感觉被拽进一座吊诡的城门，不明就里地进楼后，瞧见行政科楼道口黑板上，排好了年终演出的戏目表和人员配备，很多人已经看得差不多了，稀稀散散地议论着什么，说话前还要先瞥他一眼。

本来不管写的是什么，总会有人议论，但总不至于全院演职人员都围住楼道口。无数颗雏鸟待食般攒动的人头，黑压压地挤成一片，连回宿舍的路都被堵死了。他顺着方向看过去，直勾勾地在黑板白字上扫了一个遍，不仅没发现自己的名字，而且整日泡在家磨好的选段，全换了。云先生压轴不错，但戏份全是刀马，而且她名字后面的琴师，跟的是岳少坤。

“角儿就要能听话，肯卖命的，不是反客为主的榆木疙瘩。”终于有句话传进他耳朵里了。

他被队伍挤出过道后，正要抬腿上楼时，刚好跟何主任迎头打了个照面，她走路从来都是风风火火地扭动着髋骨，依稀能看出当年唱花衫的旗鞋步底子。没来得及打招呼，俩人已并肩错开了。但这并不妨碍她的指令锒铛入耳：“你跟倪燕唱小轴，垫场。”倪燕是谁？秦学忠不认识，也没兴趣认识，云先生肯找万金油，合情合理，大家都松快，但总该给自己一个说法吧，可当初换徐师傅，他又得到什么说法了吗？秦学忠没心思细想，他的琴不是为了捧谁才练的，回屋接茬拉自己的就是。

一进房间，积郁多日的烟灰随着穿堂风四处飘散，他拎了拎裤子，一屁股坐在钢丝床上。他现在明白，云盛兰岂止要做戏里的女皇，她是要掌控台上台下的一切。嵌在老榆木橱柜上的玻璃花棱面，将光线晃得他心烦，却懒得再起身移一下。那扇屋门刷着薄厚不匀的蓝漆，上面结有低垂的凸起漆块。随手没把门关严，风一起，门缝就“嘎吱嘎吱”越敞越大。但那明明不是风，而是兴奋的人群来回涌动的气流，如果是风，那也是人来“风”，欢腾中，他甚至能听出几分狎昵的膻味。“终于不再指望死工资过年了，吃不饱，也饿不死。‘淡远’二字，还真是好说，不好用。”秦学忠闭上嘴，下意识地摸了摸琴箱。

门还是被完全推开了，外面是一张清秀的脸，隐在楼道，满是怯怯的歉意，看着不像是经过。

“何老师叫我来找您，碰一下年底的演出。”女孩一头齐整短发，望过来的眼神发飘，她可能是被屋内缭绕的烟雾迷糊着了，看上去有点儿眼大无神的意思。她紧闭双腿，一张白纸被双手拧成卷状，文静而稚气未消的脸，里里外外都透着一股恳切的拙朴，颇有些程门立雪的心气。这股气，和楼道外那股风，格格不入，但恰是如此，得以直钻进他的心脾。

就算只找了间窄小的办公室，秦学忠也听得出，拥有一副清丽娇音的倪燕，是一块唱戏的好材料。刘团看人是把好手，这嗓子到哪儿都缺。同样唱一折程派《三娘教子》，却是另一番韵味，那是云先生踮着脚也够不到的一个地方。这丫头只小嘴一张，全有了。只是他发现倪燕的骨架很细，而且身段的劲头和眼神还差得远，在板眼上缺经验，没学活，得细磨。

“秦老师，‘将身儿来至在机房织绢’，到了‘织绢’二字,这四拍您怎么都不一样？一拍比一拍快。”倪燕两手扶膝，燕语轻吟般地问。

“你到这块儿气就没那么长了，我就有意识地给你往前拱一点。”秦学忠回答得很简练，眼皮都没抬，新人不该这么多事，没规矩。

“可我师傅说……”

“是你师傅拉还是我拉？叫你师傅垫场去。”

倪燕不再说话，两人刚要重来，屋外就有人敲门：“谁在里面拉琴呢？这是办公室，下午检查卫生，练功房排去……”

秦学忠有阵子见不到岳少坤了，大戏院的演出一落幕，都说云先生的台功那是更上一层楼，岳少坤也就趁势跟进各大机构内部系统演出，和团里其他精英一样，都不会在过年前后出现在大院儿里。这期间，团里还给他调了一间朝向好的两居室。偶尔几场大型演出才派人把他接过去，若是重头戏在后半场，直接一切两开，岳师傅只坐镇大轴。整天跟着秦学忠的，就只有倪燕一人了，三番五次地找他聊戏谱，谈唱腔，找神气。她的天资真是好，就像是一棵嫩竹，通亮，干净，还有些小聪明。而且嗓子从不过分追求满宫满调，总爱欠着点。每每出了岔子，只要他脸色稍变，她就会轻咬舌尖，用手拨弄着裤线，让人张嘴说不得。“壶冰自洁中无玷，镜水非求下见鳞”，他觉得可能说的就是倪燕。时间久了，在秦学忠心里，倪燕这面清水，是什么意思，他当然能猜到。掩藏在薄薄的冰面下，那纯真轻盈的青春朝气，谁又能不被吸引。但他总会想到云盛兰，那是多么炎烈的一团火，这根弦他不敢轻易再碰。

过年的喜庆气氛，跟枯旧院墙外此起彼伏的爆竹声一样，都浸不透秦学忠的心。剧团大门口，二踢脚崩向夜幕，像是呼应着漫天星空。女孩们对过时的玩意全无兴趣，倪燕去师姐家串门吃年夜饭，说好给他带夜宵回来，他才得空在屋里喘口气。写字台上盛满水的白瓷茶杯，被振动出细微的水波纹，靠着冰凉的床帮，电视里正在播春晚，演到戏曲联唱，他还幻想过有朝一日，能跟云盛兰一起走进央视演播大厅，或者也陪她上个春晚。这个念头再次一晃而过时，秦学忠不由得苦笑一下。有时他也会拿倪燕与云盛兰对照，一个青衣，一个武旦？这么比还不够贴切。应该说，一个是麦芽糖，一个是尼古丁，想戒掉这个瘾，就得多吃糖。这块糖，又黏又糊嗓子，当然比不得尼古丁的魅力，但至少他能掌握得住，他吃得起。问题在于云盛兰至今没给他一个准信儿，严重影响了自己吃糖的决心。想得太深，有人敲门他也没听见。

“老秦在吗？喝一杯吧,你出来还是我进去？”是岳少坤，秦学忠心里被什么东西坠了一下。

“进来吧，不过我这没酒。”他赶紧理了理衣裳，把折叠的桌子支了起来，错个身让高个儿坐到里面的床沿上。

“我带了。”岳少坤也没客气，拎着两盒竹叶青落座后，张开宽阔的肩膀，两条大胳膊往桌上一搭，床都跟着沉下去一截。脑袋依旧在梗着，这令他挤出的灿烂笑容，竟发酵出一抹瘆人的狞意，左手掌一扒拉，示意秦学忠也坐下。这种反客为主的态势，令秦学忠后悔起自己的谦让，当一种大度被另一种大度消解，偏小的度那边，心里很不是滋味。秦学忠没挂出任何脸色，也没按指示坐下，而是去旁边的橱柜拿了两只玻璃杯。

“老秦呀，你那丫头呢？日子过得挺热乎嘛。”高个儿这话立刻把秦学忠逼到了门轴，他恨不能上去直接一嘴巴，就不知道该抽他，还是自己。他又从橱柜里拿出一盒烟，倪燕刚从菜市口买回来的黄鹤楼，想送给刘团，从年关到现在一直没碰上，小何也不知道，就放他这了。

“尝尝我这个，我这个柔。”刚被他拆封的黄鹤楼，岳少坤看都没看，就从兜儿里掏出一盒大熊猫，立出两根在他面前。秦学忠把嘴唇往死了咬，终于还算体面地拿到手里点上。

“你这阵子没在团里，忙什么呢。”气氛比挂在屋檐上的冰柱还冻手，秦学忠几乎是掐着大腿，逼自己提了一个毫不关心的问题。

“别提了，跟刘团去了趟海南。”秦学忠感到有东西在刺自己的心口。

“哦，那一路上一定很辛苦吧？”

“还行，坐飞机去的，当天走当天到，何主任给订的票。”岳少坤将两只手拢在一起，帮着自己的歪脖撑起头，腕子上一块大表金光烁烁。秦学忠这才觉察出，他一身皮尔卡丹的卡其色暗纹西服和金利来领带，与这个鄙陋的房间有些不协调，但绝非穿戴问题。

“我这儿没菜。”

“干喝吧，正好说说话。”酒瓶被迅速剥开，“咚咚”倒满两杯，透明的液体挂在瓶里，垂露出一股股缓流，没等秦学忠反应过来，高个儿一仰脖，先一干而尽，那脖子和别人喝酒不一样，是朝侧后方一猛子翻过去，乍一看像在练甩发功。“咣”的一声杯底硬磕在桌面后，两眼杀红。

“你要是这个喝法，我可陪不了。”秦学忠心头一软，估计高个儿是遇到什么难处了，想到这儿他的身子忽然一阵热乎，拉过凳子坐近了些，“光喝不能解决问题，你就往外掏吧，我这儿给你兜着。”

“兄弟我这回搭进去的可有点儿大了。”

“搭什么进去了？”秦学忠觉得有戏可看，他忽然很埋怨自己为何如此兴奋。

“都搭进去了，在海南，就差嫖了，刘团见识广，胃口大，我真盖不住他，最后送了一尊纯金的欢喜佛。妈的，他妈的！”可能是酒精的缘故，岳少坤的话，他似懂非懂。

“你图什么？就为了傍角儿，压轴，值吗？”话赶话说到这，虽然心里还是有些间隙，但秦学忠被自己的同情心感动得暖意融融，他想等对方说完了，也倒一倒自己心里的苦。外面的爆竹声太吵，俩人说话的声音都听着不太真切，他站起来把窗户关上，也顺便缓一缓激动的心情。

“我疯了我？”谁料想岳少坤脖子一抻，两眼一瞪，“不说了，麻烦。”秦学忠见高个儿不提这茬儿了，他就像走夜路当头挨了一记闷棍，还找不着人。

“开春儿团里要有一拨人事调整，你什么时候回来演出。”

秦学忠心想从倪燕那里听的这个消息，应该能套点话，至少让他知道些云盛兰的近况。

“演出？演不了，角儿不在。”再仰脖，又是一杯，玉盘般的脸庞已微微泛起紫光。

“那人呢？”秦学忠兴致一上来，自己先紧张起来，身子一缩，跟高个儿碰了一杯。

“在海南呗，她想再多玩些日子，把婚假歇足了再回团，然后在人事变动前……”

“婚假？”秦学忠的面色，像被窗外的爆竹劈焦了一样，“谁的？”

“哦，对了！老秦呀，这酒不能喝得没个由头，你也替我高兴高兴，我和小云要结婚了。其实，就差没摆酒席，她想先把假给歇够了，否则开春后肯定顾不上。”

在那一刻，秦学忠终于弄明白了，高个儿和这个房间不协调的根源在哪儿了。只要“老秦呀”这三个字一出口，高个儿就立即摆出一副十足的官腔和官架子，那是刘团一辈子都拿不出的派头。看着对方喝酒的样子，仿佛比吃蜜还要甜。他读懂了，岳少坤不是来倒苦水的，这是专门来跟自己炫耀的。

“你这得算喜从天降了吧？几场戏就能让云先生进你岳家的门，单说这效率，你比急板的拍子还叫得响。”秦学忠人已傻眼，他都不知自己说的是什么。“云盛兰，看来还是喜欢你那一路的琴，可塑性强。当时你怎么说我来着？现在还是你有本事，你这才叫不排队，直接生吃头一份。”

“老秦呀，懂琴你是一门灵，但对这个女人，你真不行。我和她，各自看对方，窗明几净，你想知道她是怎样一个女人吗？你想为什么老徐拼到玉石俱焚也搬不动她？团里的事你能听到几分？你还跟我这儿聊人事变动？这变动真让你看见了，别说是炸糕，吃屎你都抢不着热乎的。”岳少坤讲的一半是酒话，一半是实话，秦学忠无从辩驳，他又从橱柜提出一袋子咸瓜子，一边嗑一边看着他继续掏。“云盛兰这个女人，这个女人哪，老秦呀，你是不知道，你就记住了，我这次搭进去的，可太大了。将来还指不定谁是那个倒大霉的，走着看吧。你不要怪我，将来你会明白我的。”高个儿开始带着哭腔，就差撒酒疯了，这可能就叫喜极而泣吧。团里许多事确实难懂，他就像背着一个海绵包袱，总在水上浮着，别人沉在水底，他却总也潜不下去。后来岳少坤又说了很多不像刚结婚的新人说的话，入耳惊心的，秦学忠心里骂这孙子酒品太差。但这些话如果细琢磨，就像被剪辑的电影胶片，支离破碎，运气好的人，能拼接出唯美的蒙太奇，运气差的，却完全排列出另一个世界。至于他俩，哪个运气好，哪个运气差，更难想通。

外面开始放烟花了，突然旋空闪耀的烟火，就像戏里猛然吹响的海笛，在耳边停留很久，不肯散去。

岳少坤被两个拉二胡的背走后，他关上灯，把窗户重新打开，散掉酒气。一个人对着冷风，站了很久，奇异而曼妙的繁花一阵闪耀后，逐渐疏离。空气中混淆着硫黄和硝的刺鼻味儿，向屋里扩散。倪燕回来时吓了一跳，她呆立在门口，以为屋子被人偷过了。

“老秦！看我给你带什么来了？你出来还是我进去？”

秦学忠猛然回身，看见这个俏丽的女孩，精神抖擞，在等他回话。

“对不起，我师姐总这么称呼她师兄，俩人刚分的房。待一晚上，见你就顺嘴学起来了……”尽管没有灯光看不到脸，但爆竹溅起的光亮下，秦学忠沉寂的身影足以令倪燕不安。

“叫老秦挺好的，这一声不能白叫，你嗓子要紧，从今往后，这屋里再不会有烟味了。”

那晚倪燕终于留下来了，尽管她还没有能力去设想，等待自己的会是什么日子。

整整一个月，剧团头一次在没有云先生的情况下运转，所以文戏比重被有意增大。这为有心想唱出头的倪燕提供了难得的契机，加上她悟性不错，底子本来就好，大路活儿扎实，颇有长进，很让团里放心。所以秦学忠知道她被排在周末场的折子戏里唱女二号，还是中轴子时，并不意外。团里不少人也都有意拿她和云先生比，说两人交汇，好似大刀如水，刚柔并济。何主任传话说，剧团可以有头牌，但台柱子如果只有一根，被动的终归是团里。云先生的武场功夫错不了，而且美得不可方物。但在唱腔上，也不是一点毛病都挑不出来，这又恰恰是倪燕的赢面，二人若同台演一出对儿戏，连刘团都好奇是什么效果。

云盛兰和刘团一起从海南飞回来时，有点发福，她对这个演出计划没有反对。进大院儿当天，练功房里人声嘈杂，她把行李箱在门口一横，直视屋内，所有人都停下手头的事。倪燕当时正背朝着她，一针一线地在练醉步，隔着练功镜，两人互相望了一眼，算是打了招呼。

何主任特意去了云盛兰那一趟，问她是否在练功房和乐队班子上，有什么需要，针头线脑的事情，都可以吩咐。她因为正在换衣服，就没开门让对方进来，小何站了好一会儿，屋里才传出来三个字："不必了。"何主任托了托鼻梁上的眼镜框，决定还是下楼走开，刚走到楼梯转角处，屋门悄然打开，由里面递出来一双鎏金绣红莺的薄底快靴，放在地上。轻语一声"人呢"，门随之再被关严。何主任看得真切，干站在原地，上下不是。

"能和云先生同台唱戏，我想都不敢想。"回到房里，倪燕甜蜜的神情，明白无误，秦学忠光凭来回走动带进来的那一股股热气，就知道她有多亢奋。"对儿戏的安排还是没通过，我本来也没敢想，这我已经很知足了。"她把身体舒展在钢丝床上，小腿亲昵地搭上他的膝盖。

"这轮演出虽不盛大，但直接影响下半年的人事安排。琴师完全是跟戏走，你们的《穆桂英挂帅》分到我头上了，别紧张。"

"不是岳歪脖吗？刘团没看上他？"倪燕像一只欢快的布谷鸟，叽叽喳喳地说个不停，将心底话脱口而出，立即被他用一个捂嘴的手势制止。

"小点儿声，隔壁都能听得见。"

"这可是个好兆头，你也该在刘团面前露回脸了。"

她的腰可真软，上身弯过来，双臂像竹藤一样缠住他的脖子，那股柔媚的样子，令他都不好意思侧目。

秦学忠早已过了一味追求技巧的阶段，京剧最大的魅力，是人而不是琴。重回戏台，他的心思格外简单，就是实实在在地保一次倪燕。一阵走马锣鼓，九锤半后，他才感觉到自己又回来了，三道幕，小水牌子和挂琴的挡围子，一切都那么舒服、妥当。他对两个女人分不了心，台上有的，只是杨家母女。云盛兰这场戏算是铆上了，不仅依旧保持着难以名状的华美光彩，而且她的穆桂英，比往日更多添几分淑美和持重。唱到“我一剑能挡百万兵”，“兵”字因是高切落音，力度强，她便在“百万”行腔时小心填铺，积聚力度，然后一举出“兵”，一吐为快。武旦唱腔难免落有定式，此次云先生细致，讲究，令台下观众为之一振，莫说刘团，自认摸透了她的秦学忠也意料不到。到第五场《捧印》，她向来为人担忧的唱词，近乎完美，更难能可贵的是，云盛兰始终把梅派的人辰辙，活学活用。而且一句“大胆胡为你累娘亲，手执绳索将儿捆”，悲戚中渗着孤绝，听得秦学忠汗毛倒立。

倪燕的嫩还是显出来了，青衣给了云先生，她自然要钻锅杨金花的武旦。按说她能吃准这个看似简单的角色。问题是看似简单，不该真简单，往云盛兰身边一站，倪燕的机敏劲儿全没了。念白单薄，呆滞，一度甚至吃了栗子，从上前对母亲说“女儿我也射了个金钱落地”后，更是挂起失魂般的死脸子。直到第八场，穆桂英唱到“见夫君气轩昂军前站定，全不减少年时勇冠三军。金花女换戎装婀娜刚劲……”秦学忠的过门铿锵有力，再看倪燕，还在愣场，彻底扒豁子了，他便知今日同台，高低立判，白使这么大劲儿。

谢幕后倪燕没在后台多待一分钟，到家跟霜打了一样，一夜不张口。直到第二天醒来，秦学忠才发现被头泪湿了一整片，这丫头连哭都是在梦里。

“你还觉得挺冤吗？”说归说，秦学忠是真替她可惜。

“我一直姐姐前姐姐后地哄她，想不到她在戏上阴我，捋叶子！”就算她把头埋在被子里，声音也过于尖锐了。

“穆桂英的青衣确实更适合你，但不能说你唱得好，别人就不能按你的法走，她的肢体动作，确实跟你不合拍，但你要贴她，她唱‘金花女换戎装婀娜刚劲’时你在干什么？”

“我唱金钱落地后，她那声‘真不愧我杨门之后’明显把气势坠下去了，我就蒙了。”

隔着被子，秦学忠摸了摸她的头，不再说下去。他嘴上帮倪燕找问题，但其实各人心里都清楚，尽管云盛兰没表态，但她在台上是怎么对倪燕的，都看出来了。尤其是刘团，这个极危险的信号前，徐师傅和秦学忠，都是再明白不过的例子。

倪燕在团里的上升势头被明显搁置了，但最让她难以接受的是，身边打不散的几个师姐，都开始莫名其妙地疏远她。秦学忠劝她，这种事在梨园行从来都是稀松平常的，早晚谁都要经历。

紧跟着，团里分派全年演出任务，出国外访这一项，除了罗马尼亚、斯洛伐克这些去烂了的东欧穷国，居然新增了一个美国的拉斯维加斯。倪燕说，几个角儿在会上都跟饿狼似的，听刘团一通报，两眼全都放绿光。

“去美国这种事，听说除了部里的领导，司长、院长，以及外带记者随行，咱们院的院长、团长，都要去。要住百乐宫的，开玩笑，那可是最贵的酒店。但真落到演员头上，这名额就得一层一层地筛沙子了。琴师更少，只能去一个，你说会是你吗？”即便是明知故问，她那股子天真劲儿也确实很暖秦学忠的心，俩人都笑了。

“演员都要挑，乐队就更紧张了，琴师恨不得当驴使，连小锣都能敲才行，我只能拉琴，轮不到我。”倪燕就当没听见，说能轮到去东欧也算赚了。

名额分下来，倪燕这回是真哭了，她每抽泣一下，秦学忠就狠攥一下拳头。岳少坤去美国这很正常，万金油牌嘛。倪燕不去东欧也就罢了，身上还背了一百场下乡慰问演出的任务。刘团的原话是，新人嘛，总是要历练历练的。可如果当新人来用，当初又何必兴师动众地把人从院里挖过来？

“你是晚辈，年轻演员都要背的，一百场，虽苦了点，但毕竟不是你一个人。”他咬着后槽牙，胳膊伸过去够倪燕的肩膀。倪燕并不靠过来，身子发冷发僵，鼻子一吸一吸的，张不开嘴。“要不我帮你去跟刘团说说。”他换了一种自认为更有力的安抚方式，将右手轻搭在倪燕的肩头，那一端传来止不住的颤抖。

“算了吧你，当年你自己被云盛兰换掉，一点辙都没有。人事调动说是开春后进行，其实早内定好了，岳少坤不知道有多大能耐，一下子迈过艺委会这道台阶，直接竞选副团长。”她在极力控制自己的喉咙，以便能将一句话完整地表达清楚。

“你以为我在意去不去美国吗，况且我们也是从慰问演出里磨出来的。”倪燕的情绪逐渐平定下来，话留了一半没说，好像藏着心事。

倪燕的言下之意，令秦学忠的心里阵阵发寒。其实她越对这次演出分配不甘心，他就越踏实，仿佛一切尽在掌控，但听她突然这么一说，他心里立刻有点没着没落的。

“我们还是算了吧。”她说得小心翼翼，但却很坚定，“我的确需要一个男人在这时候做点什么，但你不行，你也别为难自己。我们能缘分一场，就算可以了。”

一阵很强的失重感，令他倒吸了一口凉气，这种窝心的感觉他从未有过。秦学忠知道，自己连这颗绵软酥甜的麦芽糖也把握不住了。

后面她又说了些什么，他没太仔细听，无非就是公家安排的出国演出，只是吃好喝好，不稀罕。要命的是下半年职称分配，这也正是她答应从院里调到这个地方剧团的原因，这里职称不用论资排辈，填表考核就能上报。但如果团领导不点头，照样是高职低聘。再后面的话不用听也知道，岳少坤夫妇明显在针对倪燕，就因为背后站着一个他。岳少坤有朝一日真当上副团长，倪燕必吃大亏，而他已是国家三级职称，在这个剧团足以高枕无忧。离开她，是这个男人此刻唯一能做的一点事。

秦学忠从没为这种事犯过难，一杆胡琴不过两根钢丝弦，他便可在两个八度间奏出万般变化。但这与叵测的人心比起来，简直不值得一提。倪燕是个聪明姑娘，两个人最大的区别，就在于为了自己，她能把心横下来。也就是一个白天的工夫，她就跑到刘荣办公室，顺水推舟地应下了去慰问演出的任务。何主任考虑今后长三角一带会是剧团重要的演出据点，就把她先行派往宁波，可以挑大梁。

几场演出下来，倪燕的折子戏倾倒一片戏迷，特别是她在演《三娘教子》里王春娥的扮相，无须任何一件花艳的戏服衬托，只需一张淡色绸巾带银头面包在头上，面若冰山，素美动人。最可贵的是，当她唱到“想起了我的夫好不惨然，春娥女好一比失群孤雁”这句时，见倪燕周身颤抖，一双水袖来回搓揉中，眼中似带泪花，肩头不断抖泣，哀婉的哭韵，托了一个长达七八拍的长拖腔，而且由轻到重，层次分明，将积郁已久的悲腔奔放甩出，紧扣剧情。那种孤绝凄冷的托韵，以及娇脆细致的唱腔，真不是一般年轻演员能扛下来的。

乐队演奏再一停下，颤泣的涟音一字一句犹如利刃剜心，令演出现场一众老小，无不为之动容。当地的团长和刘荣是至交，从没见过这么好的苗子。他完全无法理解，眼前这一个不过二十出头的小年轻，怎么能把那种被一步步逼到绝处的冷硬身世，拿捏得如此准确。

工架好的女旦可以后期培养，如此得天独厚的青衣底子，哪个队伍不缺？几场演出下来，硬是不准她走了，并且信誓旦旦地许给她将来在上海剧院的编制。这是倪燕生平头一次在舞台上化作瞩目的焦点，台上台下，未必真能懂她，但那种从心底里被托起来的喜润，令她留恋。这是真真正正，凭自己的能耐，稳住了这个舞台。平日里她的王春娥演练了何止百遍，只有这一次，站在舞台正中央，那才是真正地把自己融了进去。难怪谁只要当了角儿，就不愿意下来，这东西，有瘾。但她说身份这种事自己做不了主，得问刘团，那位团长说不用问，刘荣把你这样的演员送到宁波来，我不敢说他怎么想的，但他肯定能算到我要留下你，今天这杆旗你算插下了，别人就算熬到十年，也没戏唱，你三年后回去就能和北京的角儿平起平坐。

在剧团，琴师的收入结构非常简单，死工资之外，主要靠演出，而演出能分到多少钱，那要看你分到哪个角儿。熬了几年，秦学忠还在给几个唱小花脸的二路演员拉琴，人家去的地方好，就带自己人，差一等的，当地琴师会出来接活儿，只有穷到不像话的地方，连琴师都没有，他才有份跟一趟。至于价码，秦学忠也不多问，都明白。

梧桐叶紧贴着行政科的玻璃窗，像一双潜心偷听的绿耳朵。谁若巧遇何主任推门走出来，她依旧会扭着胯，脸上凝固着公事公办的笑容。这次她还主动放出消息，刘团不想让演员担任行政职务，所以今年选副团长，要从乐师里投票。剧团里的人都在传，云先生锋芒太盛，找一个会办事的，大家面子上都过得去。那个被冠以“万金油”美誉的琴师，巧借访美演出的空隙倒外汇，狠赚了一笔，几尊金佛的钱都回来了。回国时在机场，大家买东西超重，他直接打电话给航空公司一把手，全团的行李居然不用检查，直接放行，刘团眼睛都快乐没了。后来有人说就云先生他们家那位吧，也别投票了。当然这些事只有跟剧团的人私下去外地演出时，才会传进老秦的耳朵里。

岳少坤升任那天租下两辆大公共汽车，去先农坛办了场盛大的仪式。秦学忠练琴没赶上，独自骑自行车赶过来时，永定门外护城河正冻得瓷实，护栏杆冰人手心，靠近了还能闻出一股生铁的气味。时间走得很快，岳少坤也一一兑现了就职时的承诺：我既要对剧团负责，也要为大家服务。他讲话时总爱用手捏着下巴，好令自己的歪脖不那么扎眼。不知从什么时候起，“岳歪脖”这个称呼，也没人再叫了。

岳少坤刚赴任就扩大了剧团的演出范围，对以前涉及不多的商演，十分热衷。就算云盛兰被忙到积劳成伤，也不敢轻下火线。一个国有机构的下属集团，派中介公司来请他们去演年会，本以为打点一下刘团就搞定了。岳少坤一听说，立即从中间截下这件事，张嘴就要五万，场地还要团里自己挑。中介的人说你们穷疯了吧，带个班子唱堂会要这个价？岳少坤不再多说一句，直接送客。没多久又来人了，说上次那个不懂规矩，这个价钱就签了吧。岳少坤一翻手，十万，那人还没等送客扭头就走了。半个月后，一个自称是另一家中介的人，说贵团都是真才实干，我们也诚心想请，您看还有没有的商量。岳少坤说十五万，场地我定。你走，再回来就是二十万，那人当即掏出合同。后来岳少坤拉一支最精锐的演出队伍，包括秦学忠也被叫上了，全团不仅拿出压箱底的活儿，还在京剧团里史无前例地自己去找舞美公司搭台，这十五万，里里外外的人都能看清是花在什么地方了。后面排队找上门的公司更多，人手又开始吃紧，于是他决定限制私下走穴事宜，没有人敢说个不字。

大家都说，万金油现在变中石油了，果然是路遥知马力。秦学忠也没想到，老岳上台后，自己的职称就被调到二级了，更令他措手不及的是，小何竟然亲自为他跑下一套自带厨卫的一居室，连带装修的事也一起办了，只等他年后就搬，原来那个背阴的宿舍，匀给新招进来的一个鼓师住。

大年二十九，秦学忠从祥和清真拎回两斤鲜羊肉来涮，团里几位角儿偷着攒了个去东北的活儿，钱不少给，叫上他了，得谢人家。锅子是管隔壁现借的，里面灌好几碗干干净净的白开水，时间还早，不着急点火。靠着温热的暖气片，他随手吸上一口烟，在屋内四周扫了一眼，好像除了那把琴，也没什么值得搬的。烟灰像淋漓的小便一样，撒了他一裤腿，秦学忠注视着折叠桌上那个孤零零的铜锅，怎么也高兴不起来。

有人敲门，还没到点儿呢，他也没问是谁就去开门。抬眼一看，胸口堵了一下。

“老秦呀，干吗这么看我，不认识了？”

“眼熟。”

秦学忠退回到床边，对方干笑了笑，轻掩好门，抽了把马扎蹲坐在门前。

“岳团莅临寒舍，蓬荜生辉，可惜没什么好招待您的，倒杯茶吧？”他只是说,并没动手。因为拿不准高个儿来意为何，老秦声线有些微颤，如果是为走穴的事，就瞎了。

“你都支上锅子了，不给我下羊肉，一套一居室，拿杯茶就打发我了，不合适吧。”岳少坤话里有话，但听他的口气，善意的成分更大一些，甚至透着几分迎合。老秦回给他一个不好意思的浅笑，没搭话。“我知道你在等谁，他们来不了了，过年期间，你怕是也出不了这个大院儿了。”

秦学忠把烟头往锅里一扔，燃烟上的火星一触碰清水，便挣扎出“滋滋”的湮灭声，听上去很不友好。

“你要干吗，还想动手？”岳少坤仰着脖子，看对方端起锅子就朝自己走过来。

“让开，没人吃我就把水倒了。”老秦是真生气了。

“你放下，先放下，我是人吧？我吃行吗？”

见秦学忠哭丧个脸又坐了回去，高个儿讪讪地一笑，解开亚麻色西服的连排扣，把腿一伸，将里面的白衬衫从皮带里使劲往外揪，给快要露出来的肚皮匀出一点空间。接着他后背往门上踏实一靠，耷拉个脑袋，这才想起还是叹一口气吧。

“老秦呀，你心里肯定在骂，怎么这孙子一来，准就没好事，对吧？”岳少坤虽然话说得客气，但却并不看他，直到他点了点头后，高个儿才又满意地笑了笑，“可是老秦呀，我这次来，你得谢谢我，否则这件事真等传到你耳朵里，黄花菜都凉了。”

对方的一举一动，秦学忠尽收眼底，见岳少坤一缕油腻的头发垂到眼帘，怎么看都是一副丧家犬的败相，但他没吭声，只是心里嘀咕了一句，觉得高个儿不唱戏真是可惜了。

“我要离婚了。”等了半天没人搭话，岳少坤只好把实情吐出来了。秦学忠眉毛一跳，这时候再问“跟谁”，就是犯坏了，他感觉那股恻隐之心，到底还是动了。他递过去一根希尔顿，本来是给那几位角儿准备的，岳少坤虽然接过去却夹在了手指间，摇了摇头，并没立刻点上。“本来戒了。”然后把手伸出来，像拍皮球似的叫他坐回去。秦学忠用尾骨下仅有的一丁点儿肉，搭在床边。直到门外几个刚从戏曲学院分来的女生，欢快的脚步声渐行渐远，岳少坤这才舒展开一直蜗偻着的宽大肩胛，把烟点上。

“她的伤其实不轻，岁数也到了，像以前那样毁自己，不可能了。”岳少坤缓了一口气，就像吃到脏东西，想吐吐不出来一样，脸涨得粉扑扑的，鼓起的两颊泛出血丝，“不是我要离，她这人，你也知道，心高，我拿不住她。”

高个儿想站起来找个碟子，老秦把嘴一努，示意没那么多事儿，他就直接把烟灰弹在地上了。

“我说过，我不像你，我知道自己几斤几两，她肯嫁给我，我就送她一程，俩人踩着对方的脊梁往上爬，都是聪明人，这婚结的，彼此心知肚明。犯病前，她演出费有多高，说出来吓死你。就是现在，几份空白的演出合同还搁在我办公室，多少钱她自己填。”岳少坤抬头看了看屋顶上的灯管，像在回忆一段惊心动魄的峥嵘岁月，“她疯起来，真让人上瘾。她知道怎么借用我，当然这也谈不上谁欠谁，但我不是以前的岳少坤了，这个团能走到今天，论功行赏，得有我一份吧。再让我干绝户的事儿，您得问问我乐不乐意吧？如今她腰上的筋膜牵拉严重，血肿得吓人，我都不敢碰。演出挣的钱，刚好够下半辈子吃药。医生说先确保能走就算万幸，她也识趣，说我的作用基本就到这儿了，不如来个痛快的。”

“你得惜福。结婚来我这儿，离婚你也来，我这儿又不是民政局。来就来吧，还调我职称，分我房子，要跟我唱官渡？”秦学忠这算是劝了一句，心想高个儿办事真不像个男人。他紧攥住床单，把屁股挪好，一口气就卡在嗓子眼，闷得他心直慌慌跳。“女人和琴毕竟不同，琴是越拉越开，她们呢，是越过越散。你俩都已是人上人了，吃亏是福。”话讲完，一股钝刀割肉般钻心的撕裂感，像电流一样从他左脑太阳穴一直绵延向前额，那种伴随着开瓢似的剧痛，仅持续两秒就消失了。老秦紧闭着眼，用右手蒙住脸，等这阵劲儿过去后再睁开，岳少坤已经从马扎上站起来了。

他摇了摇歪着的脖颈，将衬衫别进裤腰，西服扣好，再度恢复副团长的身份。临走时他又唉声叹气地撂下几句话：“你上嘴唇一碰下嘴唇，高风亮节，但我咽不下这口气。云盛兰这女人，一般男人，看不透她有多深。这口子如果是浅着过，她也不会找我。我和她之间的这笔账，不能细算，细算起来，一大一小，搭进去的还是太大了。”

“一大一小？什么意思。”秦学忠没有起身送客，因为有个问题始终令他琢磨不透，若按岳少坤口中所言，究竟何为大，何为小？

剧团的头牌跟副团长离婚这种事，在大院里肯定算是重磅炸弹，但谁也不敢乱传，充其量找准走穴的时机跟外面聊。不过今年开始团里自己的演出安排很紧，除了上不得台面的，也没几个再往外面跑。所以能看出表面很平静，或者说，像是被敷上一层保鲜膜，谁见谁都好像憋着点什么，要先看对方什么表情才敢开口。秦学忠再傻也看得出来，岳少坤找到了建立威信最好使的一把刀。

自从走穴被停，从周一到周五，老秦都会走到法源寺西边一个工人俱乐部里，看票友拉琴，说戏。不过近来他更大的乐子，是陪附近小学的孩子打街机，或者蹲在佛学院后门的煤场厂区门口观棋，支着儿。他屁股后面，挂着写有“高高兴兴上班来，平平安安回家去”的白底牌匾，那副本该鲜红的仿宋字，已经脏得堪比煤球，快被熏成浮雕，油光可鉴。寒风乍起时,煤场上方的铝合金棚架子,被吹得“叮咚”作响。凉气掺杂着煤渣，不时吹打在脸上，偶尔还往眼睛里钻，特别招人讨厌。棋局进退维谷之际，正是要出思路的时候，一股醇美且馥郁的芳香，令秦学忠的精气神儿为之一振，他像是意识到有人要从自己屁兜抽走钱包一样，未及站起便猛一转身，敏捷得像一只跳蛙。

“身手不错，你不唱《三岔口》真是剧团的损失。”云盛兰外撇着八字腿，轻抱双臂，笑吟吟地看向他。因为棋局是带钱的，就没人在乎他们要说什么，秦学忠迷迷瞪瞪地仰望着她，一如最初在戏台上欣赏她一样。

心尖如同长出毛刺般，千头万绪，不知道该让哪一句先挤出来，他还是死死地望着她。直到云盛兰露出嗔怪的表情，秦学忠才决定站起来迎接这个不可思议的画面。他看上去并不缺少底气，如同很早以前便有过思量，但要把这几年心里的话都吐露出来，不容易。他还是鼓起喉咙，对她张开嘴。

“快来，扶我一把，腿麻了。”

云盛兰故意做出嫌弃他的样子，眉头一低，伸手去够他，两人在对面找到一个适合说话的角落。等老秦站好，她才慢慢收回那颀长而白净的双臂，就那么直直地站着，像一杆湛金枪，仿佛车来车往的凡尘俗世，与她毫无瓜葛。

“你们平时排戏不戴护具吗？伤得那么严重。”瞅见她的状态比自己还好，秦学忠不无试探之意。她那件米黄色的开衫羊毛衣可真好看，一条浅红色棉麻丝绸的围巾护住嗓子，一直垂到腹部，将匀称的体型轮廓巧妙地遮挡得起伏有致。“你们的事儿，岳团长跟我讲了，不至于吧？”

云盛兰的架势还端在那里，但她越是这样，那种由骨子里往外溢的孤独，就越加刺人。秦学忠注意到，她的脸像被点了卤水一样凝冻着，固执的面孔刻意避免正对向他，他心里开始发毛，明明是她找自己，怎么总要他主动开口。离婚前后两人也见过几次，彼此都还挺客气的。

“有伤就好好养伤，离婚那么好闹的？他得管你，不要让别人太难做了。”秦学忠知道这句话问到点儿上了。

“这是你的心里话吗？”云盛兰忽然吸了一下鼻子，往后退了两步，轻垂着头，用手背顶在人中，穿在脚上的森女鞋反复踵着石子，“岳少坤什么德行，我最了解，我提离婚，就是为给自己留张脸。至于伤势，没那么邪乎，可当我有一次再演《锯大缸》，三张桌子，纵身翻下，落地的那一刻，掌声四起，但我的腰腿告诉我，算了吧。很多武旦知道岁数到了，舞台寿命大限将至，都往刀马戏上转，我不想，看着台下满座皆华发，我够了，没意思。有的老票友抱着重病，专程从天津过来捧，说要看我最后一眼，我心里堵，受不起。”

说到这里，云盛兰反而笑了，像是想起了什么，“我跟院里的戏曲学校联系了，手续办好，就到那边授课，带带孩子，团里的演出，偶尔给大家助助兴就算了，不要碍着旁人才是重要的。”

她使劲抿了抿嘴唇，努力地抬起眼皮，像是失明病愈后迎接光亮般艰难。秦学忠觉得她还是老样子，有苦衷，碾碎成泪渣，也不松这一口气。

“没事演什么《锯大缸》，你不要命了？”他很不解，可问出口，才显出自己心虚。

“人家点了钱的。”她小声地说，他听了就不再多话。“怎么样，你还跟我搭帮吗？”语气虽然还没那么客气，但这已是他所见到云盛兰最温软而柔和的极限了。触及心弦的颤涩，原来比琴声更钻心。

“你都不唱了，还搭什么，俩人一块儿饿死？”

“谁说是搭戏了。”她的话怎么听都像是在审特务，总要先狠狠地盯住他好一阵，才会再度吐露心声，令他想起海燕电影厂拍的那部《羊城暗哨》，“‘说什么夫妻情恩德不浅，我和你原本是千里姻缘。’还记得吗？咱俩第一次见面，我让你帮我搭腔，怎么唱的来着？”

“怎么会忘记。你没跟上我的快板，连偷气都忘了，也就没轮上我开口。”

“现在轮上了。你开吧。”

他感觉眼窝开始不停地充血。

“只要你在，什么西皮二黄的，哪儿散板，哪儿回龙，全跟我脑子里自己站好了，特贴谱。团里乌烟瘴气成这样，你到今天还能守住自己的东西，是个爷们儿，就冲这个，我服你。”

黄昏像一面丝滑且柔亮的绸缎，逐渐收拢回缩的同时，令原本尚有余温的角落更显灰冷。残存的几缕夕阳，松松散散地落在云盛兰肩头，反令两人片刻间，心头一热。不是搭戏，而是搭帮过日子，放在从前，秦学忠就是做梦都想抓住的幻境。

“这算你可怜我，还是我可怜你？我的演出基本停了，家里快揭不开锅。以前坚持的，没人再认。自己一条道走到黑就罢了，还真等着我拉胡琴你唱曲儿，俩人一起要饭？”

“你这么问我，不违心么？你想我怎么回答你？你就等着我劝你，别担心，我不缺钱。还是说，别拿要饭吓唬人，不寒碜知道么？其实你比谁都明白，今天咱俩的处境，说白了，得其所求。”她突然凝噎起来，身子微微地开始打晃。

秦学忠没想到她会对自己讲这番话。

“我也想把手艺豁出去，但这脸，却实实在在没地方搁，那不是个玩意儿啊。”

“我不是？腰可以断，就是不能弯。和你当年的板一样，有定式，别人改不了。”云盛兰终于肯走到老秦的身边，近到他几乎可以感受到她的体温。那种面对面的，直勾勾的温暖，令他舒服得想死。“这辈子，恶心的事，我做绝了，以后想见光活着。你要是看得上，往后咱俩就在一起过。”

“真的？”

“真的。”

秦学忠觉得自己再说什么都是废话，云盛兰把话讲到这个份儿上，他不能再问“一大一小”的这种事。

“我本来都打算收山了的。”

云盛兰听了没言语，很明显她要的也不是这话。

“那喜事还办吗？房子怎么办，给他退回去？”

“给你的你就拿着，该办什么还是要办的，不过，我们回你家里办吧。”

秦学忠随手点了一根烟夹着，他想是不是主动再找岳少坤谈谈，但转念分析了一下形势，觉得还是算了。清冷的空气中混着煤渣味，一阵阵阴风卷起马路牙上的落叶，顺带着把从他口中冒出的烟气一起吹向云盛兰。她捂住嘴，硕大的眼睛直视着他，秦学忠赶紧把烟掐了，留下的半根顺手揣进兜。看着她依旧俏媚的面容，细藤般延伸开的眼纹，令那张脸不再锐利。尽管那只手遮住了半张脸，但从她的眼神中仍可轻易地看出，她笑了。

趁着剧团集体南下演出的空当，俩人去西边南菜园的民政局领了证，出来后，因为错过了中午的饭点儿，进了两家馆子，都被轰出来了。不知道是怕让谁看见，他们一前一后，相互隔着很远，跟做贼似的。站在光秃秃的街面上，身后是61路公交车总站，馊臭的绿色果皮箱上，黄锈斑斑。北街简易楼的炉子里生出来的煤烟，飘荡过来，白生生的，呛人嗓子，不细瞅以为是在下大雾。等红绿灯的间隔，秦学忠走上来，说到南面那家挂着红灯笼的饭馆看看。图个喜庆，云盛兰望了一眼，说：“以后这个家你做主，不用什么都问我，你是男人。”

变灯前，一辆菜车刚好停在两人身前，“吧嗒吧嗒”的马蹄声愈走愈近时，云盛兰忍不住伸手摸了摸那头看上去饥困交集的灰马，他怕车斗上挂着的烂菜渣和化肥水溅到身上，就想轻轻地往外拉她。但她不为所动，轻声说：“在戏台上骑了小半辈子马，竟连真马都没仔细摸过一回，以后怕是也没机会了。”

他们撩帘进门一问，果然营业，不过看着椅子都四脚朝天地倒扣在桌上，很让人有种还没吃就想走的念头。墙上的挂历还没来得及换，木桌上也遍布熏黑的暗圈。楼上有沿街玻璃窗可以落座，尽管上面油腻腻的有些黏手，但窗外阡陌相交的枯树枝，将整条街割裂成万花筒般颠鸾倒凤的影像，悠远处，偶尔有“铃铃”的车铃声送来，俯瞰下去，这条纵贯南北的窄街竟也十分绵长，像是一条带鱼。

“这儿下午都营业，人还这么少，手艺好不了。”秦学忠开始为自己的选择感到后悔，言语中略带歉意，女服务员白了他一眼。云盛兰却跟没听见一样，眨眨眼睛，麻利地翻起了菜谱。

“别看了，能有什么新鲜玩意，垫垫肚子，晚上吃正经的。来个尖椒土豆丝、西红柿炒鸡蛋吧。”

“时令菜这时候一律不做，要吃回家吃去。”女孩硬给了他一句，云盛兰乐了。

“那你们这儿能吃什么？”秦学忠有点急，他努力让自己看上去更像一家之主。

"我们这儿的招牌菜就是烤鸭，大师傅是全聚德出来的。"

"就这地方还烤鸭？"他下意识地想到烤鸭超过预算了，话音有点发抖，"那，就来一只吧。"

"这时候做不了，师傅睡觉呢。"女孩忽然想到这个关键的问题。

"那你说得这么热闹。"秦学忠松了一口气，"睡觉也得给我叫醒他，那不行，既然你把话说到这儿，今天就……"他可捏着软柿子了。

"今天不吃烤鸭。"云盛兰抬头看了他一眼，很坚定地说。"来盘糖醋里脊就好。"她又忽然和气下来，软软地笑对女孩，将菜谱合好递了回去。

折腾了一上午，两人难得安静地坐下来歇歇脚，秦学忠看她握住茶杯暖手，随性望向侧窗的街景，那双明媚的眼眸蓦然沉落下来，竟也流露出一丝戳心的倦意。他想到要是并排坐着就好了，肩膀或许还能借她靠一靠，面面相对，郁气太重，怎么看都像要说戏，不大自在，这就是两口子了？云盛兰像是看穿了他的心思，懒懒地瞅向他，进而嘴角暖融融地挤出了一个弧度，弄得他竟觉出有些热。

等菜时，云盛兰稍用手轻抚着头发，发鬓处竟闪出丝丝白刃，时隐时现。秦学忠真想再细细地摸一摸那个红本子，他反复遏制住这个想法。可她却对这回事意兴阑珊，或许是二婚的缘故吧。其实秦学忠还有个疑惑比摸红本更强烈，岳少坤口口声声说的“一大一小”到底是什么？为什么非要离婚？当初他喝多了，只言片语地吐出许多耸人的话，和剧团里大家在传的，都是不是真的？但他再傻，也能看出她不愿提，也不会提。他告诫自己，红本可以摸，这道雷池，绝不能越半步。

“糖醋里脊好，今天这个日子，吃点甜甜的东西，能记一辈子。”菜端上来后，她用这句话来宽慰他，还帮他把一次性竹筷劈开，“来，趁热吃。”

“这菜熘得不讲究，油不够宽，没热透就放里脊。挂糊也不匀，淀粉一进锅就脱浆，吃嘴里就面了。一看就是厨师为省火省时，急开大火，不顾火候。”稠密而浓烈的糖色散发出一股腻人的焦味，看上去发乌。他用筷子扒了扒，又搭在盘子上，不吃了。“照这么糊弄法，真点烤鸭也好不了。你嗓子行吗？我弄杯热水蘸一蘸，去去油。”

“那以后做饭你包了吧。”她夹起一块里脊就往嘴里送，没看他。

“我包就我包，包腔你看不上，包做饭还是没问题的。”

云盛兰故意不屑地冲他一挤眼，轻翘着嘴的样子，比这道菜要甜多了。

剧团里能压住台面的，都走了，院子里难得冷清一阵子，地上焦脆的枫叶踩在脚下“咯吱”作响。两人进院后直奔团长办公室，想趁这个节骨眼办点正经事。但她还是让秦学忠站在门外等，自己一人进去。云盛兰只想告诉刘团一人，算是正式跟团里明确两人的关系。她还提出住进秦学忠那间新分的一居室，岳少坤原来留给她的那套两居，她想给自己以后在戏曲学校的学生做练习室。但本团的人不能用。

刘团眯着眼睛，用手抠住太阳穴，像在精算一道复杂的函数公式。“你的关系一起转到院里吗？”他并没对分房这个离谱的要求多问一句。

“不转。”她立刻回答。

“两边职称都想要？也就前任老团长有过这待遇。团里现在这方面很紧张，你知道多少人惦记这个缺呢。”刘团没给个明确的说法，“小何跟着去南方盯演出了，等她回来你找她吧。”

云盛兰僵硬着身子，像拔地般钉在刘团办公桌对面，不动，不坐。

“那秦学忠呢。”他揉了半天太阳穴，轻描淡写地，终于吐出一句心里话。

“你别动他。”她把声音压得很低，牙齿甚至有些打战。

办公室里，一阵静默。

刘团长放下手，重新把眼镜戴上，镜架调整了好一会儿，脸上重又堆起熟悉的笑容，仿佛刚才那个人不是他。

“那我就再祝你，百年好合。然后，多为咱们团里，培养人才。”

每当秦学忠站进椭圆形的大院铁门里，他总爱点上一根烟，背朝当街，看向他家在筒子楼三层的窗户。云盛兰一样闻不得烟味，房间的炉子甚至都不能太暖和，她担心会把嗓子烤干。怀孕的时候，她总长吁短叹的，说一定是闺女，因为她老想吃这吃那的，馋起来没够。而且还都是辣鸡架子、咸萝卜根、驴肉火烧、虾仁馄饨这种京剧演员碰都不碰的。秦学忠每日煎炒烹炸，手脚并用，把琴师那点底子都用在灶台上了。而且他发现，她再也不提巴赫了，就连胎教阶段，古典音乐也没听过一次，都用琵琶和古琴等民乐古曲代替。

“咱家以后谁做主。”有时他还会问。

“不都说是你了吗。”

“我是问对付孩子。”

“那也是你。”她想了想。

真等小孩生下来一看，原来是个儿子，抱回来两人才知道这个一居室还是小了，腾挪不开，也不隔音。这小子劲儿生大，每到夜里张嘴哭出来就止不住，隔壁就烦了，一开始还仅是猛开电视，再往后甚至传来故意叫床的哼唧声。云盛兰想下地去找对方理论，被她男人劝住了。

“都是新冒起来的角儿，没咱们那辈讲究脸面，算了。”老秦反复劝也没用，她心思乱，睡不着，怔怔地盯着洒在床单上的月光，干硬干硬地靠在床头。

“咽下去吧,人活着,就是得把气往下咽。”他把腿贴过来，去暖她的身子。然后抬起头，看着躺在摇床里的孩子，那张红亮莹润的圆脸上，长有一双有如被信封拉过似的细隙。似笑非笑，鬼机灵的样子，一看便知浑身上下都是心眼儿。

“咽下去吧。”

他反复重复着，说给自己听。

当然也有等孩子过完满月，不怎么哭了才抱回剧团住的，比如岳少坤。老秦还在纳闷，他从哪儿突然也蹦出一个儿子。剧团里很多去吃满月酒的人，私下都在传，岳团长在外演出期间，相中了当地剧团的一个好女子，说是工花衫，其实就是个底围子。和岳少坤一样，会得太杂，只是生得标致。岳团长碍于职务，才不好过于声张，如今名分办得妥当，何主任还专程帮她跑下了户口，关系也直接落进了团里。云盛兰这才想起，刘团曾特意跟她提起调职称的事，原来是想从她这儿挖个缺，匀给副团长的夫人。若不是师兄弟拼命拦着，她差点拎着穆桂英的雁翎刀，朝团长办公室窗户砸过去。

秦学忠很久没摸琴了，在厨房里捣蒜的时候，云盛兰问给孩子取个什么名字好。他端着黑沉的蒜臼从厨房过来坐下，凿击钵底的“哐哐”声和刺鼻的蒜泥味令她烧心，但这些都比不过老秦的一句话。

“就叫秦绘吧。”他几乎没给老婆反对的机会，“说好了这个家我做主，尤其是在孩子的事上。”名字是绘画的“绘”，明摆着不愿意让孩子学戏，他拜师练的第一首曲牌就是《风波亭》。“是秦家的种，就扛得起这副担子。”云盛兰看得出，蔫人出豹子，他藏着掖着的这个想法不是一天两天了，于是就没硬去较这个劲。在派出所片儿警面前露个怯不算什么，关键是怎么跟师兄弟说这孩子。有个唱了大半辈子岳鹏举的老生来看望云盛兰，见着孩子摇头晃脑的有股子愣劲儿，刚开玩笑想认他当干儿子，一听名字，脸就变了，摔门就走。

最配合的要数副团长，秦绘的名字一传开，就像抢注商标一样，他立刻给自己的儿子取名岳非。团里的人都说老秦自己傻也就算了，岳团长这么做就太不地道了，这不是诚心吗。云盛兰知道后瞒着秦学忠，找自己的师兄们帮忙，要他们抄家伙什儿揍姓岳的一顿再说。头天在电话里连时间地点都说好了，有人还要帮着找面口袋，说先套起来，方便动手，他也看不见是谁。云盛兰不让套，就是要让他知道她也有人，还得要往死里打。结果第二天郊区有个部队辖属的度假村要剪彩，哥儿几个全跳上火车走穴去了。

梨园行的人，还是很在意下一代能否续自己这一路香火，谁家孩子是不是这根苗子，从打小了起就要互相盘问个遍。即便秦学忠不乐意，但秦绘还是在母亲的耳提面命下，整日拿着一根白马鞭，粗学了些最基本的手眼身法步和用嗓技巧。云盛兰的说法是，权当是调教性情，她男人便不好再多话。日子抻得一长，夫妻俩就发现，这小子浑身上下透着就一个“虎”字，谁也镇不住。尤其碰见《雁荡山》这种整出剧无须一句唱念，全仗武戏的演员们合练时，不论是刀枪藤牌，抑或徒手格斗穿插翻转腾越的跟斗功夫，秦绘必定窝在滑溜的条凳上，看得目眩神摇。

每到一家人凑齐吃饭的时候，老秦常端着饭碗，冷不丁地斜着眼瞅他儿子，却总反被儿子那双直愣愣的黑眼仁逮住，心里直发毛。吃饱了，小孩撂下筷子就走，在大院儿瞅见卸好了妆，捧着一壶酽茶的师叔，也不多言语，再近的人，也都隔心。云盛兰嗔怪这孩子不讲规矩，做人缺教养，做事少美感，长此以往，将来必吃大亏，言下之意就是嫌老秦不管儿子。他说这样挺好，跟谁都留着几手，再往下就不说了。

冬天除了大白菜，团里还要储煤，当然是各家囤各家的。煤车由何主任从法源寺后街的煤厂统一调度，几辆一三零小货，掰几个大弯一拐到楼下。这时再看，武生、老生、花脸、花旦、净角和青衣，像演《西游记》一样，全抄家伙跟出来了。男的抱着竹筐往里招呼，女的有几个利索的，就端着铁簸箕少搬几块。阴湿的天气像煅造出无数钢针一样，扎在云盛兰的腰窝，疼得她只能趴在硬板床上，看着家里的俩男人一起换鞋抄家伙什儿，临出门那一刻，她似乎触碰到一股，在戏台上不管怎么使劲，也体味不到的暖热感。

“爸，快着点，赶晚了就剩碎煤渣子了。”秦绘早已端好簸箕，像脱了缰的野马一样要冲出去。

刚一下楼秦学忠就傻眼了，满车的蜂窝煤，就像一个黑稠稠的马蜂窝，上面围满了密密麻麻的同行，生平积攒的腿脚功夫都用在这了，连整日在练功房走老旦步的几位前辈，也都一扫戏台上的神韵与矜持，直接扒车皮，能多搬一块是一块。秦学忠刚要上去，就被儿子拽住了衣角。

“爸你再等等。”秦绘高不过他屁股，嘈杂中声音更显细小，“搬煤，咱们还是等中间的。上面的多有颠簸，少不了挂着裂缝在暗处。下面的又吃重最多，压出的碎末也不禁用，就中间的好，咱们再等等。”他一边说一边横着步，把煤车四周的情形扫了一遍，那神态颇有《空城计》里诸葛孔明的意思。老秦将信将疑，只好生生按住焦心，爷儿俩就那么傻站着。旁边过来一唱花脸的师兄，一脸的黑汗顺脖子直流，知道云盛兰有伤下不来，又觉得这家男人靠不住，主动匀了一筐煤给秦学忠。父子俩都没要，一个不想接别人的好，一个还在等着中间的煤。

“俩傻帽儿，揍性。”师兄抬起筐就走。

实际上搬的时候，也不指望小孩子能帮点什么，老秦个头有限，也没力气，搬煤就知道倒腾小碎步。三层楼，说高不高，要说矮也不矮，儿子就跟在后面，小簸箕一次也能盛上个三四块。但反复次数多了，连大人都觉得小腿肚子要转筋，何况孩子。慢慢地，秦绘也就跟不上父亲的节奏了，煤渣洒得他满头发都是，在太阳光下，闪着的光亮如同星钻般耀眼。老秦的步子越迈越沉，薄滑的懒汉鞋“腾腾”地凿在地上跟砸夯一样。奇怪的是，搬煤任务接近尾声时，小家伙的效率却不降反升，来回几次都比他爸还快，小肩膀一晃一晃的，还越搬越来劲。老秦突然发现，儿子的簸箕里搬的不是煤。

“你先站住，你从哪儿搬来的？”秦学忠的眉头和煤糊在一起，拧起来像是黑包公。

“楼下……”

“你再说一遍，这是煤吗？这是炭！只有二楼楼梯口何主任家窗户底下才有这东西……”话还未及讲完，秦学忠就一巴掌贴到儿子脸上。那一刻，他说不清自己哪来那么大怨气。打过去，悔是悔，但居然也有快意。秦绘顿时感觉两耳发闷，脸颊疼得直冒火星子，他想硬挺到底，但耳朵嗡嗡地催着身子往楼梯台阶下顺。这反应大了，老秦这手一辈子除了拉琴，没动过人，本是想把孩子拽起来，可还没容得工夫，就被一只手一把推开了。

秦绘终归还是没能躺在母亲怀里。云盛兰披着棉袄，把他全身裹住，等秦绘缓过劲后，僵硬的身体仍如同一根铁锨般笔杆条直。她的腰实在是用不上劲儿，抱不动孩子，心疼得她只能用双手在他身上来回地摸抚，好像她男人已把儿子打得遍体鳞伤。秦学忠意识到秦绘的那股虎劲儿正在往外冒，两眼发直地瞪着自己，怨怒中透着不解。眼下正是施以管教的好时机，他本想顺势拎住他后脖颈，扔回云盛兰怀里一起数落母子二人，可看着她此刻的表情，老秦百口莫辩。

“虎毒不食子，从今天起，你敢再碰他一根手指头，别怪我不念夫妻之情。”在她暗含戾气的眼中，秦学忠感到整栋楼的人都在紧盯着自己，他万料不到妻子会有此等反应。但从她对自己动粗的反应上看，为什么会和岳少坤离婚的原因，他心里终于能结出一个定数了。

秦绘确实有一种很实用的天赋，是他父母从不曾拥有过的，那便是精准的计算出危险离自己有多远，随后第一时间找出解决方案。在楼梯口，秦学忠看他第一眼时，他就开始掐算着母亲走过来的步伐，因为上一趟搬煤时已察觉到她起身的动静。父亲意欲发力，他刚好顺势坠在云盛兰怀里，这时机拿得分毫不差，其难度不亚于在《挑滑车》里眼花缭乱玩踢出手的高宠。

云盛兰带着戏校的学生看演出、示范台功，尽量也领着儿子，当然会刻意避开《白罗衫》这种描刻奸相秦桧的折子戏。更何况，有太多更好看、更痛快的戏足够给他开眼。铁镜公主的旗蟒，元春的宫装，石秀的素缎箭衣，吕洞宾的登云履，那完全是一个奇异华丽到超然境界的人世。秦绘卧靠在母亲修长的臂膀下，死死地盯着戏台，三块瓦脸、花褶子、平天冠、挂流苏和尖翅纱帽，无数细碎的符号赋予一出戏以生命，那藏在戏服里的人，台上台下，古往今来，到底有几分可信，他不懂。一出《精忠记》，多少千古唏嘘，于风波亭，致岳武穆于死地的白脸净角，每一登台，他胸口就像被谁捂住一样。小小年纪便要学着不必把戏当真，实属不易。

做母亲的不用想都清楚，她儿子尚武，而且绝不白看。独爱《回荆州》尤甚，台上的长靠赵云，白夫子盔，白硬靠，彩裤，厚底，硬砍实砸，俊扮素脸，干净。哪位表演细不细腻，唱念功夫足不足，他都门清。甚至还能说出最喜欢的是尚和玉的戏，大气，雅，他是真迷这个。背地里夸赞她儿子身骨刚猛的师兄，大有人在，只可惜学无常师，唱腔和跑圆场这些活儿没人去深教，更不用提翻扑跌摔打和下高等更吃本钱的动作了。逼得这小子只好走野路子,为了拔筋，整日贴住墙面，死压腿、硬扳，单凭记忆粗练些走步踢腿。眼见秦绘愈发结实的三角肌和肩胛骨，在蓝白色混纺棉的运动校服下，鼓出了像小山丘一样的筋络线条，云盛兰心急如焚。和自己当年一样,这种台上台下,都想出头的心情,只有当妈的才懂。

偶尔上了饭桌，云盛兰习惯地先察言观色一番，感觉是时候了，就又等到睡觉前秦学忠给她揉腰时，装作不经意地提起儿子将来的出路。

“听说姓岳的都开始收徒了，还带着他小孩。”她趴在床上，将印有亚紫色碎花的秋衣往上撩起来，裸露出平整柔韧的后腰。脑袋陷进淡粉的枕巾里，嘴唇紧沾着上面的绒线，吐字不是很方便。“还真有不识货的，削尖脑袋往他那儿贴。”

侧腰已被搓得热烘烘的一片，但彼此间的沉默依旧蔓延。

“一师妹看了，说那小家伙，了不得，不仅也是个样样通，一上手还就是老生，开嗓就把《辕门斩子》学得有模有样。听说私下连话都讲不利索，上台数板竟能声如铜铃，亏了是没遗传他爸那个歪脖。同样屁大点年纪的小崽子，一亮相就尿裤子的大有人在。”云盛兰见仍没响应，就继续说，“我的儿子，我知道，在练功房只能干瞪眼看人家唱，那滋味我尝过。”

“你知道什么？”秦学忠终于停了下来，用毛巾把一手的红花油擦干净，口气听上去不轻不重。

“角儿都是捧出来的，这我太懂了。过去唱武旦都离不开练鞭，上扔三百六再去接，这叫掏鞭空法儿。这帮丫头早不练了，改用双头短枪，什么好接用什么，居然还有人留长指甲。这一茬孩子都不行，打出手也不再讲究把枪拍回去，都用手抓枪杆再扔。虽是稳了，可不好看，我们当年哪敢当师傅的面伸手抓枪？听说有女孩连顶功都放下了，嫌容易肩宽，不美，还说对嗓子不好。笑话，我练顶功长大的，我肩宽吗？”

“不窄。”

她顺势把老秦的手一扒拉，把上衣拽下来，不让他再动自己。

“我云盛兰的儿子，多少人私底下都在嘀咕他，怎么也不合群，别再是个神经病吧。整天偷偷摸摸地找没人的地方开胯，我心疼。眼瞅着骨头一天比一天硬，他的身手我看着都痒痒，这破名字已经够恶心人的，你好歹给他一句话吧。”

“嗯，你云盛兰的儿子。”老秦跟着重复了一下，她就喘了个粗气，不吭声了。“就让他跟岳少坤去学吧，人家好歹是副团长，你儿子不吃亏。”

云盛兰一听是这话，赶紧将弓身一缩，鲤鱼翻肚似的直坐起来，右手紧张地揪住松散的领口，用一只光脚垫在老秦的肩膀上，眼睛直泛莹亮。

“你不是不让他动琴吗？”

“父不授子业，这是规矩。他静不下来，自然不是动琴的料，但虽说人小，这么痴醉于拳法的，团里还真缺。纵是上不得台面,本事终也是落在他自己身上。你儿子,真能成器，总有你亲手带他那一天，如果到头来就是个不够一卖的柴头，权当磨炼心性也好。”秦学忠把老婆的腿扳下来，去写字台边够雪花膏，手悬到一半处，忽又怔住了，“你刚才说，‘别再是个神经病吧’，什么意思？”

其实有些话，不用细琢磨，琢磨得太透，伤人。论悟性，秦绘在团里绝不算最好，这都不用比，你是秦学忠的儿子也没用。但那股能把自己豁出去的狠劲儿，是真随云盛兰，在她看来，只要儿子把心一横，能咬紧牙撑下去，没人拦得住，一入了戏，这身孔武矫健的身板儿就是本钱。很多师兄弟见了他越发蜷曲的卷发和铜褐色的皮肤，都说，像是块出类拔萃的材料,就盼这茬孩子一改团里阴盛阳衰的局面。但再往下，这话就不能当着云盛兰的面讲了，既然体格和一股子虎劲儿随她，这厌脾气随谁呢？不仅独，还傲，发起狠来，眼里总透着一道寒光。不能细琢磨，琢磨太透，被听见了，伤人。

秦学忠不傻，至少说起谁行谁不行，都别想蒙他。学戏之人,就是一块浑然天成的田黄,通透,脂润,即便掖、藏、揣、怀，早晚也会闪现出珠烁莹亮的灵气。所以大可不必，费尽周折去劈凿、研磨，猜石性，过犹不及。秦绘再能折腾，终归只是个做下串（配角）的命，这院子屁大点地方，真要有好苗子，他绝不会学云盛兰，见面多次，反要从师妹嘴里探得弦外之音,得亏她还在当老师。小岳非这块璞玉,在她嘴里，“样样通”三个字，说出来轻巧，但谁能品出这孩子真精的地方在哪？

岳少坤，滑得很。想到这，老秦把嘴一撇，乐了。

秦学忠的琴，越拉越老，不过在家里他从不当着秦绘的面使用这把京胡，顶多用棉毛巾轻拭一下松香面，或者松一松外弦。长年累月地拉奏，琴筒外的鳞纹皮块难免开冲，干缩的担子也爬上了色柳和隐裂。蒙新皮，烘烤竹丝，重续千斤钩，扣轴眼。岳非来家里玩，秦学忠在保养胡琴时，动作上的每一处细节，都被小孩瞅个仔细，小嘴不时还发出唾液未汲干的“啧啧”声。说不好是在同行间的砍活中日渐落败，还是出于单纯的自得其乐，岳非貌似无心的兴致，竟令老秦更加乐于在家休琴养性，哪怕这把琴早被打理得锃光瓦亮，仍止不住要再三调试。

“去，别碰，找你秦绘弟弟玩儿去。”当岳非的手小心地掠过琴弦，眉头跟着一皱一松时，他会用更轻的口气劝阻他，沉积多年的琴瘾，被一小崽子勾起，何曾想到。“你出去瞅瞅，谁的琴有我这把好，一般人见都没见过。”

“别美，全院儿都知道您好修琴，该都往您这送了。演出没份儿，光收拾它，谁给您家发工资。再好的琴，只藏在身后，那也……”

“东西越好，越要藏。”这是他在故意逗自己拉琴，他不能钻套。见岳非坐在床沿，小手摩挲着弦码，仿佛那百转千回的粉墨人生，不再有旦净末丑之分，都叠缩成一幅满是琴语的图案，随着他面容的舒展，映衬得越加清朗。

“光摸有什么用，想学吗？拉琴和做人一样，贵在顺势而为……”

“我爸会教我，但他说，终究我还是要唱角儿的，那才叫有出息。”老秦不便再说下去，赶紧把脑子里一闪而过的想法绷住。实在技痒难耐了，就反复催云盛兰把俩孩子带街上看耍猴的，或者去杂货市场买个塑料恐龙给他们，自己好查勘多日养琴的成效。

老用这招，岳非就让秦绘提前在那台纯黑的飞利浦双卡收录机里，插一盘带子进去，照旧铺好一块绢布。那把老胡琴的音韵便在他父亲演奏时，被浑然不觉地灌入颗粒状磁层里。云盛兰买来整整一盒古典音乐磁带，赛璐珞带基上被再三抹录后，岳非拿回家，独自戴上耳机，侦听秦学忠嘴中的道理，琴声里沉淀的时间，蒸馏出一种几乎可以触碰到的遒劲浑沉，润泽在琴弓竹膛上。很多次他都幻想着，或许秦学忠的手，就是他的道理，赋予戏中角色生命的不是脸谱和华服，也不是角儿，而是他那双风平浪静的手。

有些话，女人面前，不能直问，憋在心口，久而久之，就炼成了铅丸，如雨烟如墨，顶在火药前面。杀气一起，只等墙毁船摧，鱼死网破。两相权衡，只能在孩子的这张脸上找答案，又不忍细看，因为答案早在心里，风言风语不算，平日的生分和龃龉都明摆着的，于是所幸将嘴封住。这个本事，在秦学忠身边傍了一辈子。

但岳非的能耐，都是天生的，除却一脸的白净，周身更发散出明媚的动人气息。不仅是漂亮、潇洒，他还爱上台抖精气，显能耐，关键是那种敢为天下先的贵气，一颦一动，能服人。而且对琴对戏，小家伙都特别灵，免不了令岳少坤三番五次，自鸣得意。仗着人多势众，又正经练过些拳脚，团里团外，他的人算是耍开了。单凭岳非观琴时的神色，老秦便能摸清这孩子的天资有多高，一言以蔽之，“绝非池中物”。可惜时逢云盛兰正忙着为戏校青少年班布置招生简章，没对小岳非动太多心思。至于自己的儿子，秦学忠只求一个省心，等岁数到了，该上学上学，专心读书就好。

专心读书，是这整条街的父母最实际的期望，戏校里，梨园子弟和工薪大众，有“门里”和“外行”之别，有潜在的竞争关系，好在剧团附近有不少共建学校，专为这批剧团的孩子预备，近水楼台嘛，能在院里拜师学艺才是正根。岳少坤在这上面算得准，而且比谁都坚决，剧团最缺老生，真成了角儿的恰又多专攻此行当。早在30年代，京剧空前兴盛，观众最爱捧的也是老生，所谓“四大须生”，便源于此。儿子年幼好动，操练武戏本是正常，将来可再改学老生，马连良不就是这样嘛。火候一到，就去院里请个真正戴黑三老先生关门授业。但说到琴，那是绝对不让碰，戏唱好了，有的是人伺候，干一辈子官中场面，有意思吗？岳非有成大角儿的潜质，谁都看得出来，所以听说秦学忠想收他学琴，他便气不过。让你儿子学唱武生，却教我儿子拉琴？想都不要想。

刘团要办退休前，岳少坤亲自到他在菜户营桥西的鹏润家园的高档公寓，意思只有一个，“先缓一缓”。几只橘色的薄砂镂花吊灯，挂在石膏走线边的灯池上，将视线烘托得懒散而迷倦。高个子坐在对面的意大利真皮沙发上，坐姿挺拔，不像别人那样整个身子都歪斜着陷进去。脖子一梗，仿佛他是上级。话讲得不软不硬，刘团揣摩不透，手里捧着一盏松花泥紫砂壶，壶里泡的大红袍，半天没放下。

岳少坤腰一用力，探身前倾，就像半蹲一样，一只大手伸到刘团面前，替他把壶放好。然后沉了沉嗓子，说这一年团里打算和院里附属的戏校去江南巡演，光只是唱戏，收益不大。最近周日场连演《女起解》和《失空斩》，唱功繁重的双出，上座率也到不了五成。所以想借机一次性推出个“京剧小神童”的旗号，把那些功底不错的孩子捧到台前，既响应政策扶植新人，又是一个吸引商业合作的好噱头。艺委会的几个台柱子也都点头了，小何那边跟电视台也打好了招呼，只等刘团令旗一挥，开始雀屏中选，这节骨眼儿上怎么也不能放着正事不办，办退休。

“这不是还有你吗。”光凭他一张嘴，刘团自己也吃不准个好赖，履职三十年，这阵势他还没见过。刀片一般的两眼照例一眯，削出一道光扫在岳少坤的脸上，“你现在都玩出花儿来了。”

“我顶多是个干脏活儿的廖化，我出来，外面都知道蜀中无大将了。再说这个活动刚要办，您就往下退，不合适嘛，给全团老小来个起堂，这也不是您的作风。”刘团实在摸不透这个副团长的用意，这么多年他还没见过不在提级和夺权上动心思的副手。杂技团为选一个团长，闹得人心向背，结果只得院长指定人选，他能舒舒服服在这个位子坐到退休，谁不羡慕。

岳少坤的身子又伸过来了些，看上去像要半跪下来似的。他斜在脖子上，偶尔闪现出一丝狞笑的夸张恭敬，令刘团感受到某种胁迫，很不舒服。

“刘团的心，我懂。当年云盛兰的事，你我都不想再闹起来，风言风语的总是不好。这次她硬要那个不成气候的儿子来出风头，疯婆子随时都能撕破脸，而我搭进去的那可是……”

“我能做到的，只有不退。其他事，你自己上心吧。”刘团一口答应，生怕他再说下去。

“到时需要我做评委，尽管说，别的忙帮不上，看人，我还是很准的。”

临走时，刘团重又闭上眼，半认真地给了句客套话。岳少坤收敛起满足的笑意，打开门，不再说什么。

团里真能在戏上吃那份苦的，还是少，很多外行的同龄子女里，有的都开始练吃火、下叉、三起三落甚至就地十八滚了。但多是出于对这股氛围的天生逆反，家里家外又都是亲戚，抹不开面。能有岳非这般资质条件的，自然贵为锱铢。选拔皮黄神童，最后送到上海天蟾逸夫舞台献唱，那可是行家嘴里“唱戏的大码头”，在剧团混的都知道这意味着什么，很多人是掏干了家底往副团长那里送的。中华烟、五粮液、BP 机、24K 金链子，实在揭不开锅的，连国库券都敢拿出手，全说是亲戚给的，留着也没用，就图能看看这孩子，给个机会，哪怕入围复赛就知足了，别让外面戏校的学生抢了缺，不值当。岳少坤当然不差这点东西，但他说，这是师兄弟给自己脸，肯定办妥，都是自家侄子、侄女，哪有不上心的道理。慢慢地就有人发现，其实借着孩子，能聊的事更多。小辈人，逐渐成为打通关系，说上话的一个台阶。甚至那些没来得及要孩子，以及选择不碰京戏的家长，悔得直喊牙疼。

在众多后生里，秦绘功底扎实，能把动作吃透，耐看。他练《龙凤呈祥》后半段，赵云化被动为主动时，善于细钻套路，拳脚也极为利落，好于台上以走代跑，快速优美，英武中精光四射，声势慑人。一段潇洒威风的起霸，气韵流畅，层次鲜明，足可见子龙将军从容沉着之风骨，故常被观热闹的长辈戏谑为“活赵云”。怎奈他戏路却越走越窄，除这一路越发娴熟外，再不会别的。长此以往，热衷站台下看的，就只剩下岳非了。

“虎威常山将，英名非自诳。”秦绘被派到后台搬道具时，岳非主动跟过去，将云牌、令旗和马鞭拢在肩上。“这定场诗是赵云的点睛之笔，你功夫不错，怎么对唱腔不讲究一下？多可惜。”

“看这盔帽、靠旗、箭衣，还有这枪戟锤鞭和硬罗帽，离了人，散成一片，你还可惜吗？”秦绘一把抱住叠好的戏服，再度撂下时，它们像被抽掉灵魂的孤鬼般瘫软在仓库里。

“你的腿功不错嘛，爆发力强，回头带带我，我帮你磨唱词。”岳非拍了拍对方的肩膀，反而震得自己手掌发麻，“否则你的赵云，永远是个花瓶。”

自从拜了院里老先生学谭派，岳非在意的已是节奏和咬字问题。他的嗓音不仅满宫满调，而且底气足，喷口有力，演起《斩马谡》中的诸葛孔明，张嘴“一见马谡跪帐下，不由山人咬钢牙”，把那份怨悔怆然的情绪，摹刻得细致微妙，先头几段快板更显酣畅。尤为难得的是，除了须生里的唱功和靠把，就连架子花脸，岳非也能拿，梨园行管这种人叫两门抱，全才。以他的才能，一点即通，少走许多弯路，大可不必如恶狗一般跟自己苦斗。但怪就怪在，团里能入他眼的，只有秦绘。这个外热内冷的人，和自己刚好相反。秦绘动中取静，他则静中偏浮，两人恰好互补，焦孟不离，令外人百般不解。

但秦学忠却也放心，尤其见他儿子每天练功，身上被太阳晒出一层棕油，壮硕的骨骼肌理，那股虎劲不断往外翻腾，没个岁数大点的小哥们照应，说不好将来会生出什么事。

单论地貌，剧团处于整个城南的腹部，说实在点，这里倒更像是一根临近骨盆，消纳残食的低位盲肠。除了结成片的简易楼用来收储平民，就只剩下芜劣的副食店和小商品市场。清早，白漆红杠的三节车厢塞满学生，像手风琴一样伸缩自如。护城河边，豆青色的水草顺着西风和缓律动，椿树、木兰、槐柏、青砖瓦与淡墨色的低云，于疏朗的天空下松散地游走，在车窗外发酵出一股沁凉的润气。街北的国营百货，三层白楼挂有“一切为顾客服务”的红字标语，因年久失修，“切”字左边脱落了也没人管，直至转租给私人开足疗屋，始终坚持“一刀为顾客服务”。孤立在楼门口的铁皮书报亭，老板是个右手指全被砍掉的小胡子，附近总有孩子围着售卖窗，仰头看他用被磨平的掌指骨演示各种游戏棋的玩法。

剧团北面的二号楼，是整个大院的制高点，几乎和东侧的锅炉房烟囱平行。岳非总爱跟秦绘一起，踩踏铁梯架，爬上最顶层上面的天台，向下张望。跟在秦绘身后，他发现这个兄弟由于开胯时拔筋失当，两膝之间拱成一个鹅蛋般的O形，还有点撅屁股，很难看。晌午，俩人找好边沿低矮的石台坐下，双腿垂在楼台外，下面的行人与车流，仿佛流沙般从脚尖划过。更胆大一点，就干脆直立而站，眺望大院内的剧团，那是头一次，他们感觉自己的家和大院，原来并没有那么大，而且看过去显得突兀而无趣。

“往后退下来吧，小心掉下去。”秦绘站了回去，又用手轻轻地拉住岳非的袖口，他的口气听上去似乎有些扫兴。

“你怕什么。”岳非还在强迫自己朝下看，他觉得很有意思，秦绘也有胆小的时候，“这儿比院儿里好玩多了，多大一块地方，全是咱俩的。”

沉默中，秦绘忽然朝另一个方向迈了几步，然后脱掉外套，看上去是想露露身手。他沉了沉气后，只见曲臂弯膝，挺直脖颈，下颏微收，进而领起全身，接着两手交互并起并落。落步间，秦绘注意到岳非默默地坐在地上，表情很庄重，正在凝视着自己，他便立刻收势。

“怎么不打了？”

“给你一个外行看，这点儿就够了。”很快秦绘就出了一身汗，他不敢马上坐下，一边在岳非面前走来走去，一边借着天台的风吹吹身子，“你看《少林寺》了吗？”

“没看过，听说前两年挺火，你看了？”岳非越看他那月牙般的弯腿，越想笑，费好大劲才忍住没乐出声。

“嗯，在梨园剧场录像厅里正播呢。形意拳，就是这个。”秦绘伸出胳膊，手掌朝上，不怀好意地做了一个掏裆动作，岳非低着头乐了。

“你不学戏了？当年你爸凭一曲《斩马谡》，把刘团都震住了，直到现在，那种以肩为轴的快弓演奏，谁也拉不出如此明亮坚实的音色。”

“要不我求他把你收了？”

“怎么可能？不过，我爸说我要是出息，将来就让秦大大给我操琴，托着我唱《斩马谡》。”

一听是这话，秦绘把脸拉了下来，他放下架势，去拾起摊在地上的外套。

“有什么，人就是人，戏就是戏，戏再好，也是假的，空耗半生精血，不过玄虚幻梦。千百年出一个诸葛亮，他那么悲愤的心情和孤绝的处境，让你给演出来了，可能吗？那都是你自己想出来的。戏子我见多了，上台你是赵云高宠，一杆银枪，忠直刚正，下台就为一点筋头巴脑的工龄、待遇和面子，多年师兄弟的手足情，说断就断。”这些话似乎有点吓到岳非了，也就是跟他，秦绘才肯把心底话掏出来，晾一晾，

“但功夫错不了，练出一身好本领，跟谁也不服软，我信这个，你说呢？”秦绘仰着头直起身板，握住拳头，攥得鼓鼓囊囊，望着远方漫无天际的如细绒棉般柔静的白云，像千座小岛，数不清楚。

“你还真是个‘活赵云’呢，进了正赛，给我搭戏吧。”

“赵云一生，清白如玉，凛然磊落，克制而中庸，是个福将。”秦绘似乎没听到岳非在说什么，仍自顾自沉吟于他的道理之中，“我能领教到的，不过如此，其实纷纷扰扰，始于我执。否则，这千秋万世，也就唱不出《斩马谡》这出戏了。”

“你讲的话，我都信。”岳非站起身，喉咙“吭吭”两声后，迅速把胳膊搭在秦绘的肩膀上，“但你这套拳练得也有点糙，人说学拳先学步，你手去脚不去，没根。侧身调膀的姿势也不对，形意拳讲的是腹实含胸，腰活背圆，你腰不用力，一看就是没人领你入门。”

岳非这番话把秦绘说愣了，他几乎全是被对方拽着走下天台的。

“其实剧团里很多武生武旦，都练过这套拳，机理也还相通，你没问过你妈？我以为是云阿姨教你的，但又越看越不像，真要钻这个，早点拜师。”

岳非再怎么笑，他都没心情看了，下楼前，一阵清风掠过，空中那一抹白云再度划入眼帘时，秦绘忽然觉得，无趣和渺小的，又何止是剧团。

随着岳少坤牵头的选拔赛进入正赛阶段，有些微妙的苗头，大家也都看得懂，近百名孩子，谁能入围，是一回事。岳少坤的心思和眼光，是另外一回事。他的儿子，本就是个眼睛揉不得半点沙子的小煞星，说白了就是祖师爷赏饭吃。且不论比旁人入门早，单就是站定在戏台九龙口的位置一亮相，洒脱而洗练的腔韵，俨然就是一杆英气逼人的霸王枪。随着老师傅越教越深，岳非在唱法上愈见考究，嗓子也亮起来，在对膛音、脑后音和口腔共鸣的掌控上，懂得用气充实。天生的灵性就高出别人一等，学什么都快，容易上道，再加上如凝脂玉一般透净的肌肤，谁看了，都是爱一分，怕三分。以至于少有人能跟上他入戏后的节奏，一时竟找不出合适的小演员搭戏。

不用谁开小灶，岳非在初赛时玩性大发，小试牛刀反串《挡马》，“脚掏翎子”的绝活儿一亮，神态光彩照人，别人家孩子就只有当分母的命。谁又忍心自家小孩受这般委屈，忙完了业余组的几轮面试后，岳少坤开始准备亲自筛选，除了从票友大赛真刀真枪杀出来的外地孩子，以及想学点硬货的戏校生，团里只剩不到一半人还能硬挺着，秦绘就站在这里面。

秦绘演赵云，腰腿功夫是演到家了，身段、把子和工架，气度够，台风也正。他参赛的戏码是《长坂坡》，琵琶式抱枪令人眼前一亮，大战曹洪时以枪换刀，演到大刀战四将，一招一式，宛如钢浇铁铸，见棱见角，绝不虚浮飘晃。但就是有股不该是他这个年纪演出来的凝重，而且少变化，除非一些老票和同行能看出点意思，旁人保不齐会笑话。梨园人管这号受懂行赞许的演员叫打内，因内行外行审美迥异，要受到一致认可才算你能成。关键是他别唱，一张嘴就能听出缺乏调教。更可惜的是，若论演武戏比功夫，太多比他年岁大的戏校生，科班出身，从没在身子骨上吃过亏。不要说《神亭岭》里太史慈的跨腿耍剑穗、《芦花荡》中张飞的走边，以及《四平山》里的李元霸捻转双锤，就连山膀，趟马，朝天蹬甚至云手翻也不少见，人家按部就班，学的就是一个“帅、脆、准”，越玩越花。

团里武戏上还能立得住的，越比越少，这里秦绘岁数最大，岳非改演须生。之前云盛兰担心儿子的名字会带来麻烦，尤其是站在岳非身边时。后来她发现这种想法纯属多余，因为名义上岳团长是他师傅，可孩子太多，根本顾不上在这上面使什么幺蛾子。而且小伙伴们一个个聚精会神都很紧张，除了点名时松松垮垮地笑话秦绘几下，一入戏就没人再记这茬了。云盛兰更发现，岳少坤的儿子，简直就如水中明月一般的焦点，和秦绘少有交集。况且，从后面的几次分组授业和复试情况看，家长们都知道，副团长有意加快节奏，遴选几个真能年少成名的“科里红”。他私下不再见任何人了，何主任传话，到了拼真功夫的时候，怕被淘汰的就赶紧撤，这里没大锅饭可吃，最后推出来的孩子不会超过十个，推得太多，等于一个没推。

在秦绘眼里，京剧团是一个过于嘈杂且荒谬的世界，他不明白为什么唱戏要勾脸。在他看来，这里每一个人的面孔，都远比用油彩勾画的元宝脸和碎脸更有意思。他独爱赵云，最要紧的就是不论青年时期的武生，还是年老后挂髯口的文武须生，赵云从来都不画脸，这在万紫千红的京戏世界里，反倒生出一种孤高的素美。去不去得成上海单说，只要能扛到决赛圈，站在虎坊桥的工人俱乐部的舞台上，那曾经是马谭张裘联袂称雄的根据地，在梨园人和戏迷心中，那是一段永难再现的伟大传奇。父亲会看到，他拉了半生的琴才跨入的境界，自己也能进去。

决赛前的最后排演时，秦绘因为要演一出《镇潭州》，所以才能和岳非搭戏。这是一出传统的老生戏，岳非演最拿手的岳飞，秦绘则扮演杨再兴。虽然只是私下搭把手，但从岳非演武戏时逐渐收放自如的状态看，两人很快便达成了默契。

“这戏唱的可是岳飞收将，你这个秦绘，戏里戏外都跟我过不去。”下了台，岳少坤的儿子把平常衣裳穿戴好，忍不住揶揄对方。

“我只是给你搭把手，回头还是各演各的吧。”秦绘这话令岳非脸上有些挂不住。

“还想着你的赵云呢？”秦绘既不点头，也不摇头，更没有张嘴回答他。“你行，状态保持得不错。”

“你长靠武生有师傅了吗？”决赛前一天，秦绘被何主任领进一间昏沉灰暗的琴房里，刘荣正襟危坐，手里不断揉搓着一串小念珠，面前桌子上摆着一个搪瓷缸。他的嗓音很正经，但似乎总透出抹不掉的善意。

“没有，我爸不让。”

刘团没再说话，他摘下左腕上一块上海牌全钢手表，然后用手势示意秦绘把脑袋伸过来。

“闭眼。”

秦绘照做。

咔嚓咔嚓的秒针走起来真好听，还没听够，就听到刘团叫他睁眼。

“刚才哪边响？”

秦绘蒙了，光顾着好听了，没记着声音的方向，他在慌张间举起左手。

刘团依旧没有任何表情，他又用手指甲轻敲几下缸子。

“你爸现在还练琴吗？”现在声音里连仅有的善意也没了，秦绘不知该怎么回答，按理说父亲一定是还在练，但他一次也没让自己听过，点了头，就说明他在偷听。

“我刚才弹了几下？你重新把节奏给我敲出来。”

“嗯？什么？”他还没反应过来，团长又给出了新指示，不过他只是在问自己，不等团长再说第二遍，他就按吩咐又敲了一遍。

“你妈心高，生把你领上这条道，苦的终归是孩子。”刘团低垂着眼皮，好像是要考虑什么，不再吭声。秦绘不知所云地掰着指头，他感觉刘团面色玉润，白中透红，而且看他的眼神，也没外人传的如刀片一般冷飕。当刘团再度撑开眼皮，俯身轻轻摸了摸秦绘的头，然后请何主任进来带他出去。

“再看看这孩子的工架吗？底子还是不错的。”

“不用了，我还有个会，明天的赛制和程序，你去问小岳吧。评委的人选,我都说了,其他事情,你按他的意思办吧。”

团里人都偷着传，秦家夫妇天分那么高，孩子却是个登台哑巴。都说副团长中看不中用，人家儿子多提气呀。起初云盛兰也没往心里去，但越传越邪，说那个小岳非，透着一股灵劲儿，绝对是自云先生以来，团里培养出天资最高的好苗子，甚至足可比肩当年被挤走的倪燕。最关键是他不怯场，人越多越来劲，云盛兰实在咽不下这口气，一是给儿子瞭阵，二是倒要亲眼见识这小家伙真上台后，是不是徒有虚名。

赛制赶到这时候，岳少坤自己能把控的地方已经不多，所有孩子，全看造化了。最后评委的人选，是刘团唯一要拿的谱，这个面子不能撅，但念了一遍名单他又深吸一口气。秦学忠赫然在列，他是团里唯一挤进最后评委席的人，旁人都是从院里和兄弟团专程请来的名家。岳少坤张罗到最后，连个递话的人都没有。更令他挠心的，是比赛后从巡演到戏校集训，都要打着云盛兰的名号揽生源。“有这么大角儿做招牌不用，你想干吗？她在院里一句话，得奖孩子的出路全齐了，能为团里省多少事？你跑断腿家长也不认识你。”这是刘团的意思，比赛办到最后，居然让秦家人说了算，岳少坤咬定，这个胖子又在搞平衡之术的政治伎俩。

决赛阶段的安排出来了，不知道谁的主意，让参赛小演员自行组队搭折子戏。岳少坤乐了，所有孩子里，只有他儿子和秦绘彼此熟悉，一个院儿长大的，首先在默契上就胜了一分，加上评委里一个秦学忠，另一位则是岳非的授业师傅，胜算就更大了。他便立即定出了参赛戏目，让二人赶紧磨合。

晚上吃饭时，云盛兰一手捂着腰，坐在棉絮沙发上，一手摸捋着儿子的头发，望着他。

“明天妈不去教课了，亲自为你站台。”

“其实也没什么看头。”吃饭时，秦绘毫无胃口，光用筷子拨弄着盘子里的香菇菜心。“我演什么，您平时都看过了。”

“台上和台下，那看的可不一样，回头报幕员一喊，岳非、秦绘，你可别急。”

“不会的，团里已经交代按组报戏码，你别跟孩子瞎说。”

老秦实在听不下去，插了一句嘴，“记好了，真正的角儿，从来不用讲究事先排练，该怎么演每个人自己心里有数，到台上见真章，所以别听旁人说，你们俩是一个团，就占了多大便宜似的。”

“爸，我懂，这次如果我拿到名次，你能给我改个名字吗？”桌子在晃，老秦看过去，云盛兰整个人都愣住了，身子在不停地抖动，这是儿子长这么大，第一次跟大人开这个口。

“明天你陪孩子去吧，过年前要搬到那套两居室去，我进评委席前，先在家收拾东西。”秦学忠没接这个话茬，朝妻子耳边低语着。

秦绘报的是《火烧连营寨》里的《赵云救驾》选段，打快枪后赵云困在众将之下用扫头独挑千军，这是最吃功夫的长靠戏。但这段的老生刘备完全是个背景搭子，岳非演得很吃亏。何主任提前把两个孩子叫到跟前，说是特意征求了院里老先生的意见，让改唱《战长沙》，岳非唱黄忠，秦绘唱关羽，两个角色势均力敌，问俩小孩有意见吗。秦绘想了想，觉得没什么意思，就说听主任安排吧，何主任很不高兴，埋怨他这么小年纪就知道拿板了。

“不唱赵云你还不活了？”岳非戏路不仅宽，而且杂，什么都愿意唱，还都特别精，所以不管换什么戏，都能轻装上阵。

“先说好，如果是关羽，我只能对付着唱。”在后台听场的时候，秦绘头一次心里不踏实起来，这是他生平第一次，在父亲的注视中，登台献唱。

“至于吗，这次算我欠你的，早晚还你，总可以了吧。”

正式演出前，后台吵闹而混浊，秦绘穿着母亲特意托人做的一身蓝缎面小长褂，躲在休息间，坐在当年父亲候场时的座位上。先进行的儿童组业余赛开始时，两侧出将入相的门边幕条里，放了几把盛满冰块的大铅盆，下场后有老师赶上去为小孩子蘸去满颊汗水，满盆清水到最后全被油彩蘸白了。戏台犄角的两处位置，放有一对直径足达两米的巨型电扇，来回来去地吹，一直没消停过，不时发出震耳的律动。但开锣前，他竟能听见自己的心跳，手脚冰凉，全不见平日耍滑头的鬼劲儿。两只脚不由自主地在往前迈，透过舞台光，他能望见青灰色的幕帘下，有无数颗粒灰尘在浮游。

小演员们正忙着在化妆间上彩妆，一个老师傅叫秦绘换好衣服，走到他身前给勾红脸，他总下意识地颌首躲开。岳非自始至终躲在一个单人间里，碰不到面，秦绘旁边坐着一个唱花旦的女孩，在上好妆的一张俏脸上，紧紧裹贴着一绺绺头发，头发是先用篦子刮平，再梳理好，然后被榆树皮熬制的胶水，粘贴在脑门至鬓角做“片子”，秦绘想想都感觉头皮发麻。但女孩看到自己一张肥嘟嘟的小肉脸，经这么一贴，反而显瘦许多，人也精神了，她看上去很满意。定好妆，她开始准备画眉眼和口红，然后到梳头桌勒头、插点翠头面，当所有环节就绪后，这个小演员简直和先前判若两人，她项上仿佛顶有一座高贵烁亮的皇冠，亮丽照人。秦绘被要求将头摆正，他忍不住地叹了一口气。

刘团长坐着岳少坤安排的子弹头轿车过来坐镇，特意赶到后台给小演员打气，看着他们纷纷在忙乱中扒靴子、套布袜、换彩裤、穿福字履，就讲起当年团里拉幕盲考的事情，说其实那几块料的师傅是谁，一上弦他就能听出来，当初他们还都蒙在鼓里，紧张兮兮的，大家就笑，岳少坤在旁边听了很不自然。

《定军山》《击鼓骂曹》和《辕门斩子》，都是难度最大的硬戏，随着前面几对戏校的孩子唱完一下台，评委也被陆续带进状态。秦学忠因为被排在最后一个打分，先前登台的学员他又一个也不认识，所以就把心思全放在演出上了。他感觉这一辈孩子，都像流水线作业上的组装零件，细枝末节，纤毫毕现，根本谈不上缺点。但要说有谁能打动他，能令在座的评委高看一眼的，半个也没有。所以半场坐下来，他竟有点走神，寻思着戏校的孩子，原来全靠走量，真较起真儿来，谁也压不住台。这时观众席有人说就等着看小岳非登场了，老秦朝幕帘后的水牌子方向望过去，想起就要见识儿子演的关羽，心竟不由得咚咚蹦了两下。主持人一报幕，包括云盛兰在内，所有人都安静了。谁都清楚，对一个小演员，这种场面的压力有多大。

须臾间，岳非忽然挑帘走出上场门，踱步而出，神气充盈，一脸老成，光这一上场先迈左腿，三步后一个小垫步，不仅满腿着地，而且跟步紧凑。最后亮相时，眉眼间既自然舒展，又凝神屏气，活脱脱一个久经沙场的老黄忠。开头一句“这一封书信来得巧”后，云盛兰当即在台下倒吸了一口凉气。旁座有内行的立刻摩挲着手，连声称奇：“挂味儿，传神！”再见小家伙一身香色蟒，背扎四面靠旗，唱作贯穿，演到刀下场，不仅打出身段、架势，而且大刀花舞得收放自如，眼睛有戏。忽地节奏放缓，转身后一直紧盯刀头，这时乐队给了个急急风的长调门,他竟懂得随之应变。当听到他唱到“威名镇守在长沙”时，刚脆洪亮，字头还有弹劲。在难度最大的拉弓上，岳非扎着靠，肩腰腿把劲使到一处，顺着靠旗的劲走，形似一阵风，很多老演员都拿不准这个意思，致使靠旗乱抖。但台上一个小孩子，竟能做到协调幅度，维护整体，让胡子、跨腿一气呵成，该动的动，不该动的绝不动，韵味融在变奏中，既合戏情，又合戏理。

一阵西皮二六板过来，秦绘踩着一双绿缎虎头靴，评委马上要听紧接的那段经典唱词“黄忠老儿听端详，某大哥堂堂帝王相，当今皇叔天下扬。某三弟翼德猛勇将，大吼一声断桥梁。某四弟子龙常山将……”慢了，没跟上板，秦学忠用右手抹了一把脸，他看见旁边已经有评委在纸上正记着什么。秦绘的工架是真稳，但唱得怎么样，他也明白用不着过于上心，今天能亲眼瞅着只会演赵云的儿子站到现在，他早就知足了。

这时只见秦绘侧身内向，半边脸朝向舞台外围，二人举刀拉开架势后，岳非便用力把刀往里侧压，别住秦绘的刀，这一劲头使得相当猛。老秦眉毛一挑，瞬间的此消彼长，被他看出来，这是在过去两人的合练中所没有过的。他把头转向另一端的评委席，岳非那个老师傅正一脸肃然地盯着舞台，看起来他对这个动作细节非常满意。秦绘的刀已经很低了，再往下压到一定程度时，他轻微不规则地用了一下颤力，暗示要还击了，接着反手把岳非的刀从台的内侧反压过来，此时两人的刀头同时朝外，脸也面向观众。岳非眼见招架不住，这时，所有人都看到他的戏就要被逼出来了，只见岳非两腿发颤，虚晃中使了一个踉跄，仿佛力不从心，险从马背上跌了下来。转瞬间，岳非从脸到身上，包括靠旗、髯口和手中大刀，全身颤抖起来，表情和边式煞是好看。台下有人看到这时，开始叫好，岳少坤在场边朝里面安排好的一个师弟使眼色，让对方把气氛带起来。何主任站在他身边，目不转睛地看着坐在第一排的刘团长作何反应。“岳团长，你儿子成了。”她还记得，当年头一次听秦学忠拉琴时，刘荣和现在的状态一模一样。

看到这时，云盛兰下意识地用手紧紧捂住嘴，周身微微发颤，两腿不由自主地打晃。旁边不会有人注意到，她即便用眉头极力拧死，泪水仍止不住滑出眼眶。这一瞬间，只被坐在评委席的老秦注意到。为避免挂不住脸面，没等宣布名次，她就跑回家了。

后来团里有人说，其实所谓“京剧小神童”，就是岳少坤给儿子一个人插的大旗，没别人什么份儿。全部比赛结束后，岳非被推举为演员代表，领头谢幕，站到台口接受戏迷的欢呼与喝彩。当他鞠完躬起身后，想伸手去叫秦绘，把自己的搭档一起拉过来时，有人涌上戏台，将岳非搂了过去，混乱与嘈杂中，整个台面甚至被大批成年人围拢成一片。不过这些云盛兰没听见，直到秦学忠把儿子从工人俱乐部里带回家，她还趴在客厅沙发上哭个没完。后背伴随着呜咽声响，身体乱颤，像是喝醉了酒。因为马上要搬家了，周围的家具和锅碗瓢盆，凌乱地胡搭乱放着，将她围裹起来。秦绘不明白只是一场演出，母亲到底在哭什么，他是头一回在家里见她哭，比起她在外面教戏时的哭腔，如割心一般真切，但难听多了。

秦学忠把衣架挪开，腾出一条窄道，关上门就把儿子往里屋领。

“我妈怎么了？”

他还是没回答儿子，但能看得出，他这次至少是在想着怎么回答。

“爸，给我改个名字吧。”

“你妈活这么大，这算刚从戏里分出来，不想将来像她这样，就等你有能耐，自己给自己改吧。”

这一晚，全家谁也没提刚刚结束的决赛，窗外寒凉的湿气透过墙皮砖缝，呲呲地往屋里冒，高大的梧桐树褪变成一道黑漆漆的裂缝，上空是幽蓝且透彻的星夜，楼里很少还有住家开着灯。秦学忠感到胸口一阵梗塞，他努力按着又在疼痒着的伤疤，独自继续收拾屋子，尽可能地把所有琴谱、磁带、教材，以及戏服和道具都分门别类归置好。他没想再开台灯打扰她，刚好台灯也都被收进编织袋了。月色下，他弓下腰，动作迟缓，乏力，像是一口气被泄出来，没地方找补，地上散乱的零碎玩意被当破烂一样挑挑拣拣。秦绘每多看他一眼，就更不敢肯定自己是他亲儿子。他也不愿接近母亲，就站在屋里的最深处，靠着墙，看着眼前这心凉的一幕。

“马上就要搬到新家了。”他轻轻地碎碎念着，努力睁着疲累的黑亮眼仁。

很早，云盛兰就换上了一件紫色亚麻西装，里面还套着织有浅色亮片花纹的羊绒衫，头发扎起来，一个人，梳妆利落地站在楼道边。阳光透过东面的玻璃，折射在她的肩头上，乍看上去，像是在她身后伫竖了一枝挺拔而斑斓的花朵。往来的师兄弟见她气色不错，客气地点个头，都不再提昨天的事，甚至连去上海的名单也没传进她耳朵里。但她能看出来，团里正酝酿着喜气腾腾的氛围，不是因为要过年了，而是每个人脸上都挂着一股劲儿，她说不上来，也没力气深琢磨，总之似曾相识吧。

秦学忠还在屋里，倒腾一晚上，几块修琴剩下的边角料，被他又捡了回来，用一块丝绵方布包好，说毕竟是好竹子，能留就留着。能扔的东西，越捡越少，甚至连调味盒都原封不动准备搬走，最后就收拾出半袋子废报纸。出门前，他特意嘱咐儿子老实看家，等收废品的一进院，把这袋子递过去就好。话没说完，云盛兰就催老秦快走。当母亲亲昵地探头看进来时，秦绘正沉默着，下意识地避开她的眼神。

“我儿子长大了，懂事，你别老絮叨他，快走吧。”

老秦给出的名次究竟都有谁，绝口不提，她也不想问，但以昨天她看到的，小岳非拿头名是板上钉钉的事，太出彩了，甚至有些炫目。而他们的儿子则是中规中矩，甚至还在唱功上有硬伤，以昨晚其他戏校生的整体水平丈量，秦绘仅是中下等。评委不会管你演的是不是赵云，而以老秦的脾气，加上有意无意地需要避嫌，她料想前十名不会有他。以岳少坤的战略眼光，他必定会瞄准这些小孩的市场价值和可能带来的现实收益，接下来准少不了各种名目的少儿演出团。而以秦家夫妻对自己孩子的了解，他们当然不愿意秦绘被过早卷入急功近利的走穴圈子里。同时巡演结束后会有大批孩子被分到她的班里，以她这个年岁，不用拎着教鞭直接面对自己的儿子，未尝不是一件好事。想到这时，云盛兰的心里反倒松快了许多。

夫妻俩想把这间一居室留给一个刚领证的师妹，所以跟何主任约好，去她那交钥匙。秦学忠总感觉不对劲，却也来不及细想。妻子的心思是，眼下团里分房紧张，像他们这样一家占两套的绝无仅有，空着一间没人住，早晚会被让给别人。之所以这事搁到现在，那是因为岳非岁数还小，谁也不敢动，看这丫头现在的势头，想必从上海回来后，姓何的就会找上门说房子的事。她宁肯主动把房子送给师妹，也不能白便宜岳家人，这才是她云盛兰办的事。但问题是姓何的总说这个师妹资历尚浅，不赶着谈这个，可人家着急结婚，过这阵子谁还领你的好？云盛兰一口咬定，何主任是在跟自己磨洋工。平时暗地里吃个哑巴亏倒也算了，今天这个板，她跟这帮人叫定了。所以她不仅要叫上秦学忠，还把师妹一家人都约好去交钥匙。

后来老秦还是没进门，他站在大院的空场上等，今天的阳光格外晃眼，照得眼睛竟有些恍惚。他点了一颗烟，架起胳膊，看着收废品的把车推到远处自己家楼下。秦绘在三层伸出脑袋招呼那人上楼，然后朝他这边望了一眼，小圆脑袋像枚硬币般闪亮。对视那一刻，父子二人似乎都感受到一种从未有过的疏远感，甚至令彼此感到陌生，不知道对方此时看向自己，在想什么。指尖上冒出稀薄的烟流，很快消融进冬日的晴空中，在平静中凝视这座大院，容他回念的工夫不多。云盛兰身姿绰约地朝这边走来，直到她一把挽住他胳膊，满满地占据了他的视线。他还在努力地想记起她最初的样子，但总会越想越模糊。

“都办妥了，我上楼叫儿子，外面吃吧。”她故作娇嗔地扭动丰腴的臀部，秦学忠拉住她的手，笑着摇了摇头。

“一起上去吧。”

上楼梯的时候，趁中午师兄弟都出去吃饭，她始终紧紧拉着他的手走到三层，在空荡荡的通道里，他劝她别跟何主任闹得太僵，团里对咱不薄。说到这儿他稍用力地攥了一下那纤滑的手面，又讲，其实生活待咱不薄。

在剧团，有很多登峰造极的段子，比如一唱马派诸葛亮的须生，演完《群借华》，在等《借东风》时回后台歇脚，提着茶壶,把髯口挂在玉带上,跟人聊昨晚的牌局。正兴头上，场督开始催，这人原地转磨找髯口，死活找不见，随手从帽箱抄一个就上台。结果观众一看，这人身上挂俩髯口，嘴上一个腰口一个，串在一起跟挂面似的，“哗”都乐出眼泪了。还有一跑龙套的，头天去网吧刷夜，回来直接上台扮大铠站殿，正迷迷瞪瞪要睡不睡时，就听角儿“啪”地一拍醒木，他“哐当”一声就坐地上了。还有的老鼓师特别坏，走马锣鼓后不让琴师进。不过再经典的段子，都会被新段子所替代，眼下在私下里被广为传诵的，则是岳团长如今又找回老相好，要再唱一出《马前泼水》。这件事被传进云盛兰的耳朵里，那股原始而粗糙的生动和乐子，很快就被笑没了，越传下去，就越苦，仿佛谁都把这件事，在自己心里走了一遍，那滋味，很难说。后来大家意识到，老秦如同他们每个人一样，只不过把最苦的那条路给走到头了，就没人再提这件事。

事实是岳少坤的确单独找过云盛兰，现在的她已经习惯了天一亮，睁眼就去院里的戏校办公，躲清静。有一阵她还总让老秦中午给自己送饭，但随着教学工作的深入，已经全然顾不上其他事情。云盛兰以前教的多是成年组学生，本身已积累了一定的基础和相当丰富的舞台经验，她的任务，更多的时候像一个领队，在专业上无非是指点学生对道具的使用，包括在武戏中如何吸收各类门派的武术动作，从而在技术上加以创新。

刘团长和岳少坤这次“捧神童”的计划，其实是给云盛兰出了个难题，她对如何教导这一年龄段的学生，经验并不够多，更何况像小岳非这种已经拜了师的，她本身能起到的作用其实非常有限。所以当前夫找上门来时，她很不乐意，刘团长是什么意思，两人都懂，他往办公室里一坐，话也撂得明白，“绝没有在剧团搞一家独大的意思”。

云盛兰透过旁边的玻璃铁窗，发现一辆奥迪轿车正沿着戏校操场的白线停好，岳少坤恭敬的笑脸显得生硬而刻意，就像手头正在批改的作业一样难看，她还没想过如何应对这个局面。

“我把话挑明了吧，岳非现在的演出行程排得很满，何主任为他拿到不少去机关部门表演的机会，但他总要在履历上镀一层金的，我们做家长的，不就是天生给孩子擦屁股吗？云先生你的名号能到今天还叫得那么响，有咱团里的功劳，岳非能进你的班，我脸上自然也有光。”岳少坤说完后顿了一顿，掂量着该不该再讲下去，“就算不念你我往日夫妻一场，只是看在我和老秦这么多年兄弟的薄面上，请你关照关照这孩子吧。”

和秦学忠过了这么多年日子，云盛兰只学到一样本事，耳根子软。她尽量不去看岳少坤哪怕一眼，他的歪脖、大背头和短驳头四粒扣西装，令她由心底里生厌。但这么耗着也不是办法，况且既然岳非到了上学的年龄，作为团里的明日之星，进她的班照顾照顾，本是人之常情。今天岳少坤肯亲自来托付，算是把心用到了，任凭大人之间有怎样的瓜葛，都不该波及孩子。可每当她转念一想，自己儿子的学校还没落实到地方，就要先给岳非的前途许下承诺，她凭什么？

“我知道有些事情，你置身其中，放不开手脚，我在团里开展很多工作，跟你也是一个处境。”岳少坤见她面露难色，又开始自说自话起来，“这话只是咱俩说，团里那么多共建学校，你随便挑，出钱出力，我没有二话。但你也清楚，那么多师兄弟，都有孩子，我帮了这个，下一个，帮谁不帮谁？没错，秦绘是我徒弟，我亏待不了他。可我这副团长做这么多年，一路下来，哪一步缺人帮衬了？谁跟我不是沾亲带故的？但就有一点我敢跟你打包票，但凡跟我合作过的，谁也没少拿好处。”

那辆奥迪车在操场里按了两声喇叭，似在催促，更像是威胁，谁坐在车里，有这么大的胆子，又如此地不识趣，云盛兰不用多想，也能猜出几分，于是露出一丝浅笑。

在他们这一辈的男人看来，云盛兰绝对是个独一无二的美人，即便是这个岁数，面对面坐在一起，岳少坤也难免会动心。他很满意自己曾一尝云先生的温柔，这是团里多少琴师干一辈子都不敢奢求的成就。结婚那么多年，一脸僵硬的云盛兰，岳少坤见过，而且她越拉脸子，他心里就越有谱，突然见前妻冷不丁这么一笑，副团长心里反而没底了。自从分开后他们再没有单独打交道的机会，做夫妻的那几年，云盛兰使起手腕来，那寒彻骨髓的决绝，要远比当年在舞台上更令人求生无门。那两声喇叭也把他吓了一跳，见云盛兰有意要开口表态，岳少坤赶紧抢先又再讲下去。

“年轻时，任谁也免不了几番胡闹，但摸着良心说，我待你们秦家不薄。过往的事情我就不提了，这次去上海的演出很成功,我觉得很有必要接着牵头组织‘京城戏校娃娃戏’，打造京剧演出市场上的系列名牌，我甚至已经嘱咐小何接受香港、台北，还有新加坡、马来西亚等地的演出了。这之前还要赶在暑假的尾巴，办一届‘双休日少儿京剧百场演出’，多整几出科班戏，少不得要多劳烦你合作。”窗外起风了，吹了岳少坤这边一脸沙子，他有点起急，“我只求一点，让咱儿子能在戏校，妥妥当当地读上几年书，拿个文凭，别拖他后腿。”

说到“咱儿子”，云盛兰更恶心了，这是他一贯趋炎附势的伎俩。就连岳少坤也没想到自己今天会把话讲得这么丢身份，直到他脸色蜡黄地跟她道一声“云老师，那我先走了”时，对方也没扭头多看自己一眼，应付这个女人，他没有像往常一样准备打点些意思，但身为副团长，肯把话递到这个程度，谁都清楚分量有多重。

云盛兰一整天都没能静下心写出一页教案，前夫的来访，令她想起那令人亢奋却又不堪细想的几年日子，每当这个男人出现在身边，她都无法预想自己，会升腾出多少匪夷所思的欲念。有时云盛兰甚至不敢深究，当年的那些荒唐事竟然全出自她在上一段婚姻时的手笔，更令她难以判定的是，自己骨子里阴冷的那一面，究竟是与生俱来，还是仅仅遇到岳少坤才发酵而出，云盛兰不得而知，她也不愿深想。

其实云盛兰在戏校看到的情况，甚至还比不上团里，近几年往这送的孩子，心劲儿早不像昔年那般单纯、果敢，连家长再到孩子，心思都很复杂。很多都是文化课跟不上的，来这里找一个就业途径，很多小孩下了课嘻嘻哈哈找网吧的，多了去。再加上都是独生子女，骂不得，更打不得，而且戏校生和别的学校一样，没有包分配一说，将来都是自谋出路，很多孩子毕业后十有八九要改行转专业，凡是走她后门的，都是希望能进专业院团，就是花个十万、八万也不觉得冤。对此她早没了前几年的志气，也是跟着当一天和尚撞一天钟。其实不用岳少坤亲自跑这一趟，她也会正眼看待小岳非，几十年没碰上的好苗子，说实话，谁教就是谁的福气。

坏就坏在，岳少坤这么一搞，招来不少凑热闹的家长，想出名，图清闲，拿着招生简章就扎进来要试试孩子有没有当明星的命，弄得她成天跟鉴宝师一样，冲着众多根本不是戏料儿的孩子干没辙，生也生不出气，活活能把人憋死。

岳非走到哪里，都注定是人中龙凤的坯子，戏校生里能跟他在台上叫板的寥寥无几，秦绘又一时考不进来，他自然也丢掉了几分兴致。只等着何主任一吩咐哪有演出，随时拎包走。

对外，她帮岳非角逐央视举办的全国京剧大赛，又安排各种访问节目和公益活动；对内，也紧锣密鼓地为这个角儿在长安大戏院上的专场演出，挑选乐队班底，而岳少坤也在为扩建剧团大院的项目忙得不亦乐乎。

云盛兰不是没拉下过老脸，求下海早、做穴头的师兄，带儿子出去演出，就算见见世面。师兄连东西都没收，说“多一张嘴，少一份钱”。人家就差没直说，你这孩子去了也是捣乱。更让云盛兰急红眼的是，全团唯一一个直接落实编制的指标，就匀给了岳非，而且居然是因为秦学忠在力保这个孩子。云盛兰为这件事跟她男人足足打了三夜，老秦一个字也不多解释，后来她自己也觉得越闹越没道理，谁让不争气的是自己的儿子。

秦绘除了偶尔练练拳脚，就是和几个弹月琴的，整日在院南墙边水泥砌起的高台上斗地主，听他们说今后这个院子不仅地砖重新翻修，说不定还要拆哪栋楼。还说现在团里人心浮动，都飘得很，整天都寻思怎么到外面扎钱，而且姓何的要搞人事改革，到他们刚要毕业留关系的这一届，一律先是实习身份，再签合同，像以前那种终身正式，熬年头评职称、分房的事，没戏了。据说岳团发话了，演员指标还要往下砍，一个行当养活不了几张嘴。眼下剧团比的就是谁最一专多能，那才吃香。据说有人专练赶场这一环上出彩，上《荀灌娘》，先来旦角，再是武生，后又来女儿身，头上片子得贴两次，头饰、彩裤、彩鞋随时换，要三四个师妹伺候才行。有位老角儿演《苏武牧羊》，由蟒袍玉带的文臣，立即换牧羊老生，从头到脚，扒靴子，穿布袜，换福字履都在须臾之间。

但这些人都赶不上秦绘的纪录，年纪稍稍大了，他忽然意识到自己对戏服和道具，有一种天然的感觉，虎字纹、团花箭衣或者大靠，各种行头都被他细针密缕的敏锐悟性，分个清楚。他是团里唯一能做到演《长坂坡·汉津口》时，独自由赵云变关羽，头盔、戏服、裤袜、厚底靴不仅全换，还要把赵云的俊脸洗掉，再勾关公红脸，全部时间，不出五分钟，甚至还能在后台挤出一句西皮导板。这段子被岳非听说后，每次演出回团里，都要求他施展一番开开眼，他也不气不恼，顶多甩出一句“这种本事都是给逼出来的，要不就滚蛋”。然后盘腿一坐，开始跟众人在地上打牌。

眼见着各人的距离越拉越大，岳非不演出的时候，就进戏校上课。云盛兰听说岳少坤为了能把秦绘也补进戏校，着实出了不少血，她瞒住了老秦，一门心思把岳非在戏校的学习给安排妥善。她也想不明白，人敬我一尺，我还人一丈，如此浅显的道理，当初怎么就想不明白？岳非每次重回大院儿里时，就怕被兄弟们冷落，他习惯了走到哪儿，都有人前呼后拥围在身边,能照顾到谁,他心里也美。所以去哪儿演出，都忘不掉带来一堆当地特产和进口烟酒。然后就开始数落戏校里那些外行有多不懂规矩，败坏名声，起初大家还新鲜一阵，能热乎到一块，日子隔得久了，谁都知道该为饭碗发愁，岳非再说什么，听听也就听听，少见谁再跟着瞎激动了。

所以在这么复杂的节骨眼上，当听说秦绘有机会进戏校再混两三年时，岳非比他还高兴，令他匪夷所思的是，这种高兴似乎被抹上了一层诡异的亮色。那是高兴吗？人太多，都比着在欢腾，但这跟他们有何关系？以岳非为最，他甚至要把情绪故意调高，盖过周围的人。有那么一瞬间，秦绘甚至看不懂，他到底是喜是悲，那比戏里的诸葛亮还难看透。

所以在秦绘接到面试通知书的当天下午，岳非说不如我们也去泡网吧，有人附和着说，还能再去附近的歌厅看看。岳非说难得大家又凑在一起，不如咱们就只管撒开了欢儿耍上这一回。秦绘觉得不大合适，习武之人，从没想过去这种地方，打小学戏的他们，更不知道该怎么融进这类场合。

“习武？你还练拳吗？”岳非似笑非笑地冲着秦绘问，他摇了摇头，“还是的，你打我两拳看看？我请客，都给我走！”

秦绘总感觉那天的岳非，有几分陌生，甚至是那种落寞的狂放，他也说不好，因为戏里从来没有这号人。

那间网吧距离剧团有点远，一路上秦绘总在最后磨蹭，以至于岳非时不时地回头招呼他，才能跟得上队伍。夕阳正打算落入前方的街口歇歇脚，他把脚抬进区总工会楼前的栅栏里，松开鞋带后，又绑起来紧一紧。于是岳非又回过身来催他，师兄弟们站在远处，瞧了瞧，又继续往前赶。秦绘抬了抬手，示意马上就好，两人重又走回路上。

越走，就越不想走，秦绘看到岳非的步伐并不快，明显是在等他，但他又偏偏想走得更慢，两人迟迟搭不到一起。当他以为对方会不耐烦地加快速度时，只见岳非做了一个高伸腿，亮靴底的动作，然后以腰为中轴，四肢协调动作，慢抬快落，快慢有致，迈起了晚年诸葛亮的四方步。

秦绘站在原地，不想乐，但是没管住自己。岳非两手轻微别在身后，转过来看他，然后也笑了。

“上一次，没唱成《凤鸣关》，可惜到现在。”岳非的声音不大，秦绘往前上了几步，才能听得清楚，“在外地，同台搭了不少人，名气高过我的孩子也有，但很难铆上那个劲，不过瘾。能看出来吗，我在等你。终有一天，你的赵云，我的孔明。”

秦绘听了不知道该说些什么，看岳非比自己还着急，就跟着点了点头。然后被他将衣领一拽，跟着匆匆走了过去。

那间网吧是由一家饭馆仓库改建出来的，外面挂着一层涂抹不匀的集装箱漆。屁股大点的铁门，撅向当街。脆弱的墙皮上方探出一块方形油烟机风扇，被沉厚的垢泥和毛絮完全堵住，站在门口便能闻到一股浓郁的油碾子味。滞留在这间矮房里的，大多是在附近一带混的老炮和学生。在噼里啪啦的敲打声中，网管告诉岳非，要等上一段时间才能轮到他们。刮了一阵风后，散乱的烟灰和一股汗脚发酵出的恶臭，迎面扑鼻。秦绘本来也没心思玩，就想不如出去等一等也好，但岳非却站着不肯走。

“网管，拿个火机给我。”墙角处，一个四方脸的高个子朝前台喊了一句，能听出来，嗓子很壮。

“你让他们，给我滚蛋。”岳非用指尖在网管的肩膀上戳了戳，按住对方，不让出来。

秦绘惊了，他发现自己周围的师兄们，开始逐渐向岳非身边聚拢。

“戏校的住宿生，在这片儿混得挺猖獗，甭搭理他们。”有个岁数大点的揪住岳非，“你们不是一起演出刚回来吗，以后免不了还要同台，现在翻脸不值当。”

“没有以后了。”岳非甩开师兄，径直朝网吧角落里走过去，扫了一眼旁边坐着的几个人，然后用脚蹬了一下四方脸的椅子腿。

"哟，这不是小老头儿吗？"四方脸不再对计算机里的游戏画面感兴趣，他站起来，一脸狞笑，故意挑逗岳非，因为嘴叉子咧得过大，秦绘看到吐沫星子明显溅在岳非脸上，双方的人也开始来回打量着彼此。

"怎么着，哥们儿，有什么跟我过不去的？"那人的两只手握住腰间，彰显出一副宽厚的肩膀，一看就知道有练过的底子。他是朝天鼻，鼻梁短小，说起话总令人担心鼻涕会不自觉地流下来。"别怪兄弟们不会伺候，你自己不长眼睛，《斩颜良》《单刀会》《走麦城》，麒派的红生戏你会唱，余派的《乌盆记》你会唱，就连我们裘派花脸的《淮河营》你他妈的也会唱，那你自己唱吧。你爸不是夸你腔圆字正，见棱见角，还会巧用脑后音吗，我们没你能。既然你爸是刘邦，他拿你当成镇淮南的厉王刘长，那你们父子俩自己拉琴自己唱吧。我们也好见识见识你那乌云遮月的看家本事，唱词里怎么讲来着，'这也是你耍奸猾自己的报应'。"

秦绘手里都攥出汗了，这是他头一次看到有这么当面羞辱同行的，他不知道对方是否真的明白，那些戏对自己究竟意味着什么。因为岳非是背向自己，看不到他的脸，但身子明显比最开始僵直了许多，秦绘心里估摸着不会就这么算了。

“让我滚蛋？”四方脸继续不依不饶的，“你甭这么看我，哥们不进你爸那个团，照样唱角儿，但是只要我在，你他妈的就别登台，登台就出事儿，上回算轻的，下次还有舞台事故等着你，不唱就饿死你。”

“你叫人去吧，现在动手别说是我欺负你。”岳非显得很冷静，他把头缓慢地低了下来，摸了摸脑门，然后转身就走回来了。

“行，孙子，你给我五分钟。”四方脸的人不过三五个，真干起来他当然吃亏，“你回剧团是吧，二十分钟后，六点二十，咱们自新路东见吧。”

岳非并没有搭理他，也没跟秦绘他们说什么，只是独自默默地走出了那间矮房，看上去有些灰头土脸的。

“他们有点儿太狂了。”折回剧团的路上，岳非一个人顶在最前面，直到大门口了他才蹦出这么一句话。这时候已经过去十五分钟，不可能再叫到更多的人了，师兄弟几个，现在抽身还来得及，但摸不清那个四方脸能搞多大的动静，就这么认㞞了，丢人。

“你事先知道他们在吧，为什么非要招惹那帮人？”秦绘问了一句大家都想知道，却不好意思直说的话。既然他先把这层窗户纸捅破了,众人决定跟着秦绘走。“你要不要进去？”

岳非紧拧着眉头，显然他断不出个主意，任凭一帮人晾在原地，这令他看起来更显出几分老气。

“真在这儿等着人家打上来？”秦绘又问。

在街南面的龙泉胡同里，一栋灰色简易楼的一层，是岳少坤为他儿子将来结婚，单买的一套一居室。这帮人先趁机躲了进来，秦绘说等时间一到，探清虚实，再做打算不迟。屋子很小，塞满了人，站不下的就躲在小土院里。岳非总跑演出，就结识了给旅行社开大巴的一个司机，平日就猫在建国门箭楼城墙底下，盯场子看车。也算是半个黑导游，他这时才想起打电话给对方，那边答应能叫二十几个东北人过来。

光线很暗，岳非把手伸进床铺下，脖子卡在床沿上，拼命在够着什么。秦绘总是向街边张望着什么，他什么也看不到。再次回头间，岳非抄出了一个铝盆，上面斜放着一把曲线玲珑的鲨鱼砍，他很费劲地直起身，自己也瞅了瞅手里端着的东西，众目睽睽之下，把它递给了秦绘，在场的人谁也没说话。一阵沉默后,岳非又扫了一眼墙上的挂钟,六点半了。

这时候，没人敢往街上走，哪怕是溜达一圈，探探风声。岳非支好一把带着棕色条纹的折叠椅，把胳膊搭在方桌上，两只手不断地掐着指甲，他开始为之前的鲁莽行为感到不安。

“今天不出这口气，你打算等到什么时候。你们先守在这里，我出去看一看，在网吧我站得最远，应该没人能认出我。”秦绘像看穿了他的心思，说完就把鲨鱼砍别在裤腰里，换了一身衣服，岳非不知道这句话是说给谁听的，“你不是想唱《凤鸣关》吗，你是诸葛亮，我就是你的赵云，不用学戏里那般激我，你伐魏，我斩敌。‘主公且把心放定，为臣能挡百万兵。’”

唱完这句，他没容岳非多说一个字，错身绕开挤在屋里的人，扭头就往院外走，溜达到街角看看动静。

对方果然很守信用，没让岳非等得太久。还没走到东面的太平街，六辆黄面包，后面还跟了一辆金杯，就停在北门对面的戏校路牙边，粗略一算不下三十人，手里还都拿着家伙什儿。随着一阵阵撕裂开的声响，车门被打开了，满坑满谷堆在陶然亭北门。再没长眼睛的都能看出意思不对，这帮家伙根本就不像是戏校里的人。体格和身型，货色不一，站没站相，但手里拎的家伙什儿，一个比一个硬气。九节袖鞭、甩棍、片儿砍、棒球棍，最次的手里也握着一块板儿砖，气势上就先压出一头。打头的是一个明显谢顶的小眼睛，几缕泛灰色的细发执着地别在耳后，他的步调要慢于其他人，身后那个留着一头披肩金发的瘦子，越走越快，很快成了新的领队人。

天刚擦黑时，连路边砖石坑里的槐柏树，都被一层阴冷的凉风笼括住了。淅淅沙沙的树叶像在呜咽着皮肉中的痛楚，为秦绘传递着某种劝阻时才会流露的善意。他一个人，独自直立在路中央，本想赶紧回去告诉岳非，赶紧往小区北门撤，但身体止不住地往下坠，脚底发沉。这时候往回走，肯定会被轻易察觉到。眼见对方来势压迫而至，秦绘下意识地朝身后望了望，空无一人。

四方脸是唱架子花脸的戏校生，他很快带人和金发瘦子汇集到一路，他们像细铁砂遇见磁块似的，贴得很紧。也许都是唱戏的，虽然嗓音唱功难成大器，但既然是花脸，做表上自然弱不了。戏校生一掰扯起来，绘声绘色，手脚干净，眼法精准，浑厚峭拔之声，好似炸音，不愧是科班出身，终归是正规军。正寻思着，秦绘竟看入了神，甚至忘记了心怯。

四方脸和金发瘦子，离他越走越近，直到一行人从他身子两侧穿过时，秦绘都没再做任何反应。最后那个谢了顶的小眼睛走到他面前时，上下打量了他一番，然后略带迟疑地也走了过去。

当对方刚接通电话的一刹那，岳非的脸都白了。

“那边说在天桥碰见查酒驾的，一车人都折在里面过不来了。”

一屋子人，都听见话筒里的答复了。钟表的秒针每动一下，就如同注射器针头在扎他们的心尖。

“秦绘还在外面，谁去叫他赶紧回来？”

没人去接岳非这句话。

金发瘦子的人，很像是专门干这一行的，为避免太过惹眼，他们三五一伙，东一堆、西一撮分散着开始赶向陶然亭。街上人影凄迷，令战斗前的景象，显得那么不真实。当这一伙人终于停了下来，开始等岳非现身时，秦绘这才猛然发现，他们手里有砍刀、钢管和撅力棒。

四方脸等得有点不耐烦了，他走向秦绘身边那座报亭的公用电话，递给老板两毛钱，然后拿起话筒。

“明亮亮烂银盔上生杀气，风飘飘九曲簪缨绕过顶梁。”秦绘靠在冷饮冰柜上，小声嘀咕这么一句，四方脸一听，便把电话挂上。

“你哪位？怎么着,想跟我唱《赵云截江》？”他靠过来，似乎想要紧紧贴住秦绘，“这么多人，截得住吗？”

秦绘看见西边，岳非还是带人出来了。

“截住你一个就够了。”

“哥，就是他们！”四方脸朝谢顶的喊了一嗓子，两拨人开始成扇形辐射开来，金发瘦子第一个冲了上去，岳非则始终溜着边走，没有选择正面对敌，他没让人在第一时间发现自己。秦绘伸掌从下往上一兜，冲着四方脸的下巴就掏了过去。那人紧捯两步，向后一退，攒足了力气，又用脚后跟猛蹬向他的腹股沟，秦绘立即翻倒在地。

剧团的人没一个真打过群架，他们明显感到赤手空拳的绝不是对手。眼见这混子气势一上来，岳非就大声喊着周围的人赶紧走。

“秦绘！人呢！”岳非一边逃，一边四顾环视，他如猴子般钻进街北黑窑厂的一排排楼房里，然后从两米高的大栅栏上蹿了上去，摔倒在地上，爬起来接着跑。

秦绘和四方脸纠缠在一起，不用套招，这是生平头一回荷枪实弹地战斗，那把鲨鱼砍始终别在裤腰上，然后掉在地上，被两人踩来踩去。为了能让师兄弟们脱身，秦绘居然真的去学戏里那样，独自断后，企图截住更多的人。最后在一条胡同的深处，他被金色头发的小子逮住，对方一共带了十六个人，追在他身后，往死里打。一阵拳打脚踢中，他护住脸都没用，刚开始还知道叫两声，到最后连嘴都张不开了。脑壳、鼻腔和脊椎骨像被按了钢印似的，承受着排山倒海般的热浪，直到被谁扔过来的板儿砖糊住面门后，眼睑似乎被谁用线缝住，恍惚中，一股暖流从面颊一直滴淌到手指间，完全阻碍住了视线，他就再没有疼痛的感觉了。当他最后连对声音的意识都失去后，秦绘把眼睛闭上了。

夜里的风太凉，血把身上的汗衫完全沤透了，当地上的沙粒被吹起卷在脸上时，那股锥心的伤痛和寒冷，才将秦绘的知觉唤醒。

为了不让云盛兰发现，他在凌晨光着身子偷偷进屋上床，用马粪纸做的粗糙厕纸，将伤口按住。后脑隆起的鼓包令他无法躺上枕头，只能用髋骨侧坐在床沿。恍惚间，有人摸到他的窗前，秦绘迅速站在床上，把耳朵贴上去。

“秦绘！快跑！有多远你就跑多远！”是岳非的声音，他很纳闷，这不是大家都逃出来了么。

“出什么事了？”

“你别问了，快跑！”

这种声音根本不该是岳非发出的，秦绘蒙了，那一宿他根本没睡着，他希望天亮的时候，谁会告诉自己一声，这只是一场荒谬的梦。

清早，耀眼的晨光万箭穿心般刺向眉眼，一股暖热浮行在秦绘橘皮色的视网膜上。他使劲撑起头，稍有动弹，腰膀、肘踝关节以及肌肉纤维，便因拉伸而传来阵阵撕裂感。手指摸向肋锁韧带，稠糊的伤口在凝结成紫色血痂前，很不幸地和被头粘连在一起。一下床，涤纶被罩揪扯着绽开的肌理，棉絮线头挂在肉芽上，看着像是过期长毛了一样。双膝肿胀到碗口般大小，他蹑手蹑脚地磨蹭到门口，才记起父母要去琴行，早饭摆在客厅中央的茶几上，实在是不想吃，就两手按住腿面，半坐在沙发扶把上，嵌在衣柜门上的绿玻璃映出自己的轮廓，脸好像一夜间大了半号。

太静了，他甚至可以听到屋里的闸盒电路在嘶哑，北屋窗户被风敲得锵锵作响。秦绘反复攒揉手掌，这种被弃置的隔绝处境，令自己仿佛如一缕青烟，随时可以被吹得消散无形。一阵阵锥心的死寂，把他抽离出从前的世界，明明一如往昔，但却全不一样了，都变了。

他咬牙下楼取车，凹凸不平的砖块直硌脚心，附在上面的苔藓润滑了鞋底。他晃悠悠地骑出胡同口，鼓膜像进水了似的，有一阵没一阵地吸吮着气流，恍如隔世。越骑，心越凉，周遭过节的喜庆气哪怕就快溢了出来，他还是被裹隔在另一条道上，一个熟人也没有。

从南华东街到双柳树，他再偷着骑到昨晚被憋在窑台胡同的那个拐角，就像任何事情都没发生过，连他狠狠揪下的头发也没留下过。秦绘站在戏校学生公寓南面的电教楼院外，把车支好，腻在墙上坑洼不平的水泥碴，戳在脊椎的伤口上，一片生疼。喘口气的工夫，他看见一个昨天紧跟在岳非身边的师兄，正要迈步过去，对方抬手挥向自己，示意他不要动。

“你没事吧,大白天来这儿干吗？”师兄朝街外张望一番，很关切地问他。

“人都哪儿去了？”秦绘恨不能拧住他的脖子，直接把答案抠出来。

“你不知道？死人了。”

秦绘脑袋像被方棍棱角狠凿了一下，丝丝木屑直插毛孔。师兄告诉他，死的不是剧团的人，是那拨一个大金毛，戴着一副霹雳手套，是在南横街一歌厅看场子的。晚上大家撤得太快，岳非本来都跑回剧团了，但他听说秦绘被金毛按在地上后，立刻反扑过来。当时金毛也打算撤了，结果被岳非迎面碰上，他从远处看见窝在墙根的秦绘后，捡起掉在地上的那把鲨鱼砍，就往金毛的肚子连捅四刀。对方捂住肚子，踉踉跄跄晃到陶然亭公园对面那间副食店门口，就栽倒在地上，当时便没了气。

岳少坤最后托人给儿子改了户口本的年龄，又把那套一居室的婚房卖了一百万，赔给人家。自从那天晚上隔着窗户的一次对话后，秦绘就再也没听到过岳非的声音。疏通好所有关节后，岳非被判了七年，何主任帮他安排的一切活动，甚至在剧团内的各项演出，永远都不会再有了。谢了顶的小眼睛放出话，只要他出狱，早晚弄死他。岳少坤一夜之间，老去不少，他甚至不知道，是否还能等到七年之后，再见到儿子的那一天。

他走进一间小办公室，发现秦学忠正在里面修琴，头也不抬一下。一把一把的琴摞在桌子上，很多都是团里别的师兄弟交托给他的。

“听说你这几天，一直都在，怎么跑团里修来了？”岳少坤给自己沏了一杯花茶，也放在桌子上，秦学忠小心地把那摞在一起的琴往旁边挪了挪。

“家里太冷，不方便。”他停下手里的活儿，终于肯用目光注视着岳少坤，“还记得当年倪燕在的时候，我就是在这间屋子里，发现她的。”

岳少坤听了这句话，似笑非笑。

“你想说什么？”

“没有。”

“人家现在可是上海市最大一所京剧院的副院长了，或许当初就是觉得咱这座庙太小。”

“是这话。”老秦好像是在认同岳团长的评定，他继续修琴。

“你自己那把琴呢？”

“就在你右手边，越修越爱坏，现在都快成摆设了。”

岳少坤顺着秦学忠的眼神，把手伸了过去，其实不用老秦多说，两人都认得出这把琴。

“自从那次放幕盲考，你就是凭这把琴，压了我一辈子。”他的右手指小心穿过琴弦，用手掌握住琴杆，左手扣向筒口，“至少你还有个儿子。”

秦学忠看他把琴慢慢移到自己的大腿面上，双手使劲往下一压，这把旧琴竟被脆生生地一撅两半。那支老迈的竹神，断裂出一丝一条的碎屑，在两人面前，不停地变奏、跳跃。琴弦仍死死拉住琴体，但已失去韧劲，很快就变成松松垮垮的一堆废料。

“以后别再光顾着琴了，有这么个好儿子在身边，你得惜福。”

岳少坤把这堆散乱在手里的破琴，往桌子上一摊，直到看见老秦缓慢地点了点头，他才肯走出去。“打今儿起，我不再欠你们两口子什么了。”

过日子就像放风筝一样，时间撒出去，想收回来就难了。岳非那件案子，令剧团在演出市场和各种荣誉评比中，节节败退。大家都企图下海后干点副业，以此逃避京剧行里日渐凋敝的萧条景象。赚钱的新门路,每天都有,但也就不再稀罕。在这期间团里唯一一件新鲜事，就是有人说，你们别再叫这孩子秦绘了，人家正式给自己改名了，叫秦子珩。

“哦，秦子珩。”很多人都这样反复念叨一遍，觉得还不如叫秦绘呢。那个在他们眼里永远等着搬中间煤的滑头，永远和岳非形影不离，永远往天台上爬，练拳，演赵云的那个秦绘，似乎随着名字忽然一改，和岳团长的儿子一起消失了。大家都不适应，就各忙各的去了。

说起来，“秦子珩”这三个字，算是在众人口中封了一道令。

在这批孩子里，秦子珩是唯一一个主动拿走关系，离开剧团的。但流程走到何主任那里,她看了看材料,问清情况后,告诉他，这种事一定要先请示过老秦后再说，就把他支走了。

此前人事科已经三番五次地暗示老秦，叫他把儿子的关系拿到街道的人才中心，只是忌惮云盛兰，才不好硬来。眼下剧团这副光景，养不下这么多闲人，就连云盛兰自己的关系能保住都不错了。

老秦对儿子的这一举动并不意外，他开始越来越适应秦子珩自己做出的决定，比如改名字。但是当儿子在自己面前平起平坐，想推心置腹地谈点事情时，他竟一时理不出个话头。

“爸，怎么再也没见你修琴了？”

“累了，没意思。那你怎么也不练拳，不唱戏了？”

“不唱了。”

“那你以后吃什么？”

“我想去南方。”

“去南方好，你的琴还算可以，又有二胡的基础，要不让你妈跟何主任……”

“爸，我不是想去演出。”秦子珩打断了他的话，他把手攥得更紧了些，“法源寺后街的海波服装厂在招人，我有朋友在那儿，他们要培养管理人才去深圳盯生产线，我想跟他们一起。”

“是国营的吗？”云盛兰抢着问，见儿子始终直视着秦学忠，在等父亲的反应，她不再说话。

“你的意思，毕业后，不想把关系落在团里了？”秦子珩的目光很坚定，即便他仍不表态，老秦也知道不必再就这个问题谈下去，看着儿子那张圆圆鼓鼓的脸，似乎和自己没有任何干系，“搞服装？还是管理？你从小到大，连街口的裁缝店都没去过……”

“爸。”儿子忽然笑了，他好像敏锐地察觉到父亲的心思。

云盛兰把手从丈夫的掌中抽走，按了按他的肩膀，然后走开了，只留秦学忠一人坐在藤椅上。

父子俩就这么对坐着，不知过去了多久。

“将来，能帮着给团里做点戏服吗？”琢磨半天，秦学忠这么着才算是答应了。

秦子珩愣神好一会儿，等明白过味儿来，特不屑地瞄了父亲一眼，笑了。

后来听说，岳少坤一直苦盼着的剧团大院新规划，不配套整区的建制，没到申报就被砍下了。新练功房也被要求只能在食堂的地基上翻建。新院长说京剧团的这个团长太能折腾，早点退休大家都省心。

又是一年的除夕夜，岳少坤当天特意把屋门口的地扫了又扫，新买的果篮摆了很久才满意。结果何主任没按规矩提前来家里拜年，岳少坤知道她太忙，就赶紧打电话给其他人，说今年各过各的就好。晚上他打开电视看央视直播春晚，看到《锦绣梨园》的戏曲联唱，就把台给换了。喝了两口酒后，又重新摸起遥控器，塞进去一张 VCD 光盘，仔细注视着蓝光微烁的四方荧屏，上面是儿子历届比赛的录像画面。想了想，才意识到，这辈子只有如此，才能看到儿子登台唱戏。于是就放了一夜，一直到电视屏幕看上去甚至有些模糊，他也没打算去关掉它。就这么一直开着，他心里才不至于太过憋闷。

自从云盛兰在屋顶搭好小彩灯，她就闹个没完，秦学忠吹一个欢乐球，她就踩一个，越踩乐得越厉害，最后上气不接下气时，她说了一句，踩了那么多年台步，都不如这个过瘾。机场大雾差一点就停飞了，天黑前秦子珩终于赶回家，鞋都没来得及换，他让母亲快把折叠桌支好。在红蓝相间的小彩灯粉艳粉艳的闪照下，他取出一个两把装铝合金的京胡盒，内里木板构架，嵌有海绵衬布，外面还包了一层手感极好的帆布袋。打开后，他小心翼翼地取出一把南方特制的湘妃竹京胡，琴弓马尾，漂亮、得眼。他将这把京胡硬塞进秦学忠手里，非要他拉来听听，柔和的灯光打在琴身上，煞是好看。他始终注视着秦子珩的脸，一说起话却再也不好意思看儿子。想半天，才回了一句:“好久不动了，不拉了。”秦子珩说:“从小你就跟我见外，今天还要苦我一番孝心，那我来。”重又夺回来就上手了。老秦说:“你快别拉了，太难听，早知道你就只有这个悟性，当年真不该藏那么多心眼，直接让你听我拉琴也无妨，白糟践那么多卷巴赫无伴奏大提琴的磁带。”

把自己在广东和四川放逐了几年后，秦子珩整个人的性子都被磨平了，现在连说话都大声不起来。后来他和天坛北门的一家国营服装厂签了合同，真的将曾经做戏服的想法付诸实际。而且从选料到刺绣，他都一针一线地跟着老师傅，盯到最后。因为记得岳非当年演得最出彩的老黄忠，那是他们第一次正式在戏台上对垒。于是他将黄汉升的那一件杏黄蟒和香色蟒，整整做了一整年的工夫，才自认能拿得出手。可从那时起，他却再也没有见到这位从小一起长大的哥们儿，甚至连半点消息也没有打听到。人在哪里，过得怎样，也许消息是有的，只是都绕着他，在互相传，有时候他想到这里，叹了叹气，也就算了。

他心里知道，许多的人和事情，装在心里，早晚有一天，记忆或许还在，但迟早是要放下的。于是有一年在团里的纪念演出，他请秦学忠坐镇，压场面。自己终于换上了那件原本是为岳非精工细制的戏服。舞台灯光下，他的世界，和台下座上的观者，形成一种时空上的交叉。他知道，岳非是在的，云盛兰也是在的，岳少坤和刘团长，也都在看他。在那一刻，这件戏服和他自己，终于找到了儿时看上去遥不可及的归宿。而在下面的人看来，秦学忠的孩子，终归还是不行，除了腿脚功夫上，稍显硬朗。唱念做打，神韵气魄，都和岳家人差着一截儿，也不知道，在一旁伴奏的秦学忠，心里会是什么滋味。

其实秦学忠就那么看着儿子，那么拉着琴，一板一眼，绝不逾矩半寸。他的心里，什么也没有想，只是看，只是听。

老北京南城组图 -1

老北京南城组图 -2

老北京南城组图 -3

老北京南城组图 -4

老北京南城组图 –5

老北京南城组图 -6

老北京南城组图 -7

老北京南城组图 -8

简单任务

站在一天与一天的临界点上，是我每日里最劳碌的时光。谁都别出门才好，冰冻的寒气就算将瞳孔沤烂，我也乐意躲在这个安全的颜色里。可惜天不遂人愿，很快，浓郁的蓝迅速褪色，铺散开的黑色逐渐显露出更多的细节，从此刻起，这一天才算正式开始。

想在这片儿混下去，你得学会识趣。上个月跟我搭班的大刘，永远不用再回来了。有个光头喷子在胡同口，端着一碗炸酱面吹牛逼，大刘在他筷子旁边扫枯叶与浮土，俩人照了一眼。“咔嚓”一声，大刘后脑翻出的鲜肉有碗口那么大个儿。紧接着局里派了个在编的老师傅，不过刚扛了一个礼拜就因为哮喘歇病假了。我依旧要独自完成从南扫到北的作业任务，我感觉有时这耳朵和脸皮，你不能全带出来。

时间比掌柜片好的猪肉皮还要透亮、稀薄且莹澈。光天化日之下，亲昵的嘈杂声在向我明示，我挎在肩头的果皮箱，攥在手里的竹扫把、毛刷辊，还有这身PVC防水涂层的环卫服，显然不招人待见。小男人的职业套装与高中生的鲜艳校服，尽量消灭与我接触的可能。塑料袋、纸尿裤、卫生巾、揉成乱团的情书，就连被吸溜的馄饨和匆忙的脚步都满是敌意，刚被我打扫过的路上，我成了最多余的人。

扫一眼表，现在就算有人在街上泼粪我也不待了，与其搁这儿碍事，不如去扫更宽敞的主干道。还没出街口，我的天语手机就在屁兜里响起，怕被组长逮到，我连看都不敢看。最聪明的做法是磨蹭到一间公厕里，这里通常由上一班大姐们负责清理，高峰期没到就黄汤泻地了。

五个未接，是王东，第六通正在闪。我这哥哥，和他妈一个德行，用人朝前，不用人朝后，他俩在我眼里永远是最烂的人。从小我就纳闷，都一个子宫里游出来的，只能他把好事占尽，好吃好拿，女人也乐意全往他身上堆，我换铅笔盒没钱，他却能用 Walkman(日本索尼公司在 1979 年所推出的一个随身听品牌，而中文的随身听名称即是由它转变而来) 听许国璋。你跟我得意一辈子，那我就恶心你一辈子。逢年过节，我永远连工服都不换，澡也不洗，脖子上挂着皴儿就上他的别墅吃年夜饭。那个老女人也怕见我，中途托人在银行给我找了份闲职，我没搭她这茬儿，我就膈着他俩。哥哥是保险公司的董事，弟弟给人扫大街，我就喜欢像颗肾结石一样硌硬他。

“你中午过来跟我吃个饭吧。”他的声音很正经，我估计有事。

“没空，再说离得太远，下回提前约。”这才想起我们俩有一年多没联系了。

“你朝街南看过去，有辆黑色奥迪 A6 正在等你，赶紧上车就对了。”我拎起工具，朝他说的方向望去，果然有辆车向我缓缓地驶来。

“我还没交班，有事电话里说。”

“现在应该有人过去替你，把家伙给他，然后上车，我等你。”电话挂了，我正要开骂，歇病假的那位老师傅，竟然披着工服正笑呵呵地朝我走来，还伸手接过我手里的东西。

恍惚中，我拉开车门，拖着厚重油腻的蓝色棉裤钻进了奥迪。

“有钱真你妈的好。”我在心里说。

下车后我连头都没来得及抬，就被一队女侍者领进了红褐色的会所里。我不太适应这里的光线，略有困顿，同车几个人依旧安静地将我围拢着走，但我能瞥见女孩们流露出的惊诧表情。我将目光移到她们细长的小腿和开衩很高的裙摆上，不看白不看。

“先说正事儿……”一间红花梨的中式包房内，他已等我多时，话刚说一半，我落座后腾起的灰土和酸臭登时填进他口中。王东皱起了双眉，用手捂住嘴。吸顶灯下，尘粒在他的咖啡热气上顽劣地浮游着。“你怎么还是老样子，半年前不是给你打了一笔钱吗？咱妈没给你密码？”

“那是你妈，我这样儿挺好，你甭管。”

“不谈这个，今天找你有这么一件事。你看，咱俩岁数也不小了。”

“别扯我，就聊你。”

“好，我岁数也不小了，咱妈……她，她的意思是，早成家，早踏实。”他沉稳地顿了一下，等着看我反应，同时从一个方盒内抽出了根酷似阴茎的哈瓦那雪茄，上面卷着条 Cohiba

（高斯巴，古巴雪茄品牌，有古巴雪茄之王的称号）的标志。王东摇晃几下后立刻点燃，这是他企图熏香屋内气味最明显不过的伎俩。

“继续。”

“所以，她就背着我安排了一个姑娘，让我周末跟人家见个面。”我听了心里咯噔一下，不太是滋味。

“你还没断奶？她连相亲也管。”我边笑边晃脑袋，头皮屑抖落一桌子，他也不躲了，只是平静地直视着我。

“这屋里就咱俩，我也不瞒你。不错，过我手的女人，没数。但她老了，需要安心，我不能逆着她。所以，你得帮我。”

“我凭什么？你们母子情深，我是外人。再说我怎么帮你，我还能替你相亲不成？”

“对，我就这个意思，这事儿只有你能干成。我现在的情况，不适合结婚，你替我去应付应付，谁让我们是双胞胎。”

经他提醒，我才想起细细打量这个坐在对面，和我长相如出一辙的有钱人。先前女侍者的眼神我当然能读懂，但王东在我眼里色温极低，始终显影为蓝色的躯块，就像是一团无脊类动物在蠕动，我完全会忽略掉他的相貌。仔细看去，他果真和以前没产生分毫差别，除了鼻梁架一副眼镜，连发型都相差无几。双胞胎在过去叫“双伴儿”，这意味着两个孩子理应分享父母给予的一切，吃喝，穿戴，好的坏的，而不是我遭受的待遇。

“有时想起来都觉得不可思议，咱俩一模一样，她对谁好对谁坏怎能分得那么清楚，多少次我想顺水摸鱼都能被她揪出来。”我不屑地瞪了他一眼，“替你相亲，操，一大早急忙忙地把我叫过来还以为是谁死了呢。”

“你别怨她，与其当时平平庸庸互相拖累，她不如选择成就一个人。”看我起身要走，他又说出了这句话，我赶紧抬起脏手朝他面前挡过去。

“那我换个说法，你就当接一笔生意，之前我给你打过去五十万，你一直没要，这次帮我，咱俩两清，你花起来也大大方方。”

“这话我乐意听。”我是个识趣的人，最烦他动用情感攻势。见我松嘴，他也不怀好意地笑了。“不过，这是谁的主意？”

“放心，只有你知我知。因为我的背景，妈怕我吃亏，没透露一点给对方，那边也不傻，连张照片都不给。”

“有钱人我装不像，搅和黄了这钱你还给吗？”我低着头没看他，这里暖热的光照似乎总在嘲弄着我。

“做你自己就好，什么结果不用你操心，都算你完成任务，真要是个嫌贫爱富的主就甭搭理她。”

“就这么简单？”

“就这么简单，不过好歹你回去也得洗个澡吧。”他得意地抽了一口雪茄，不知道又想到了什么，“不管怎样，这是我们兄弟俩第一次合作。”

相亲也需要本钱，做我自己？说得轻巧，我喜欢古旧玩意儿，没听说头回约会把姑娘往潘家园、琉璃厂领的。我擅长游泳，初次见面在池子里聊也不像话。还好姑娘直接说公园里见吧，地方让我挑，我拿起年票就在背面找，最后选了个离自己最近的陶然亭，听人说这是有讲头的，“要想成，陶然亭”。可见我对这事还是挺负责的,进入状态牢记四个字：快进，快出。五十万对我比任何姑娘都有吸引力，无论成败，最后我都能拿钱走人，这笔交易不蚀本。

女孩到得比我早，清风朗日下，一件奶白色羊绒衫和收腿西裤很显优雅大气，站在售票处前，身形清秀，一副知书达理的恬淡样子。进园时，我也不好意思光自己刷年票，到头来还是买了两张票，票根顺手塞兜，这钱他得给我报了。她好像对湖边散步的安排很满意，简单寒暄后，边走边笑，至少没我那么僵硬。出门前我洗了三遍澡，还抹了点大宝，生怕她闻见我细胞里的去污粉味，折腾得我有点头晕。最该死的是，我把一见女老师就心慌这个先天不足给忘了，但还没忘彻底，半路给想起来了。好半天我都在琢磨，怎么打破这种尴尬局面，换我们站里的小妞，递一颗烟就随便摸了。不过这姑娘自然大方，也挺好，但也可能是相亲老手，无所谓，回去如实禀报完事儿。

不吃饭，再好的姑娘也处不出感情。中午我邀她进公园餐厅，直到快吃完了俩人才把话说开，原来她一直在等我放松下来，而我只有吃饱后才会显得话密。席间我竭尽所能不让身上那股泔水味穿帮，刻意保持一定距离。而她染着泛酒红色的垂肩发，蓬松的刘海，太阳透过疏朗的彩色玻璃窗，将她的皮肤耀得粉白。她耐着心听我说三道四，想笑时只是把眼睛一眯，连带着翘起的鼻尖跟着皱起了褶纹。

“你以前相过亲吗？”我冷不丁地问了一句。

“嗯，相过两次。”她点了点头，倒是挺诚恳，“那你呢？”她立刻反问，好像比我更在意这个问题。

“我没有，大姑娘上轿，头一回。”我也实话实说。

“不过这公园你应该来过很多次了，所以，我们算是扯平了吧。”

“照这个比法，那公园里清洁工在这干一辈子，人家都该娶几房姨太太了。”这话一出口我就想起了大刘，心里不太是滋味，但她还是乐了。

“男人不该这么计较。”过一会儿，她半开玩笑地望着我说。

我知道这句话同样适用于结账这件事。

整个下午她话不多，优游不迫也没有要走的意思，我本想抛砖引玉，但发现我不张嘴，就冷场，我话越多，她就越乐意扮成听众。一直说到夕阳西下，一起朝北门往外走时，我才意识到除了姓名和单位，她基本没主动问过我什么。溜达到供孩子们攀滑的两座假雪山时，我问她：“你这工作是不是挺喜欢孩子的？”她笑着朝雪山顶部望去，没回答，我也觉得这话问得真没水平。

有个小女孩在上面，被奶奶双手搂住腰窝，俩人都很纠结该怎么滑下来。爷爷一直走到半山处，敞开怀抱敦促孙女从石砖上大胆滑下来。一老一小，还没拿定主意，奶奶不敢撒手，更不敢跟着滑。

“我小时候就是滑这座雪山长大的。”她听了把头转向我，浅笑中略带羡慕，我很得意。

“是么，那你这么大时，是怎么滑下去的？”

“我是被我哥一脚踹下去的，下面也没大人接着。”

“你不是独生子吗，还有个哥哥？”她有些意外。

“是表哥。你看，那小女孩自己滑下来了。”她顺着我的手势再次回望过去，我七上八下的。她不问就算了，一问就戳中要害，家庭出身该不该聊，王东也没告诉我，真该先让他给我拟一个提纲。

“我小时候没你自在，我一切都要听从家长的指示，换句话说，没人命令我，这一天还真不知道该干啥，你没发现今天咱俩主要看你发挥吗？”她笑吟吟的表情总令我想起儿童剧场里的女主持人，她说得对，这一天确实由我来做主导，但她更像一个站在孩子身后默不作声的家长。

“那你教的孩子别也跟你一样，没主见，只会服从。”这是我们当天最后一次对话，她没再吭声，但脸色明显不那么好看了，显出些许的疲倦。

傍晚，天空俨然一块蓝宝石般的染布，将云层渲染成如刺芒一般扎眼的道道白光。临分开时，她执意不让我送，我觉得这是个要谈崩的讯号。虽然完成了任务，但我总在想如果这不是个任务，或者我平时真能约到这么个女孩也挺不错的，前提是我没有一个讨人嫌的哥哥和这份倒霉工作。

“你感觉她怎么样？快说，我好跟妈汇报。”刚到家王东就开始催命。

“还成吧，感觉挺舒服的。”我也不知道该怎么评价她，阅人有限，难以归类。

“舒服？你跟她干什么了？”

“我是说她不紧不慢的，不像一个特势利的女人，毕竟是人民教师嘛，还是教地理课的。跟她说起我是干环卫的，她也没大惊小怪。”我都把自己快说成环卫局局长了，她是没大惊小怪。

“你们跟哪儿见面？”

“陶然亭。”

“公园？你有病吧，带姑娘捡破烂去了？”

“你敢当我面说这话，我立刻撕烂你嘴。”

“约女孩，当然是去酒吧、咖啡馆，去吃西餐，或者去新鲜好玩的地方，你老干部俱乐部出来的？”他在竭尽所能地压低情绪。

“去公园不是便宜吗。”

“你手里攥着五十万，图什么便宜？”他快疯了。

“废话，五十万也得是完成任务才能到手，我现在哪儿有钱陪你泡妞。”

“那你们俩到底都说什么了？”

“也没说什么，她不太爱讲话，总是我在不停地说……”

“我让你去摸她的底细，结果一直是你在说？你自己说有什么用？你缺人聊天是吗？”

“得，你回头把门票和饭钱给我报了，下次你自己去吧。”我立刻用这话堵住他的嘴。俩人都沉默了一阵，我又不甘地解释了一句：“不管我说什么，她都用鼓励的眼神看着我，那我就继续说呗，结果就说到天快黑了。”

“老师都这样，不然怎么对付学生。”听他这么一说我就更颓废了，把女孩仅有的一点表面添油加醋地编给他，但没敢将把他暴露的事说出来。

“听你分析，她还算靠谱，我跟妈做个汇报。不过眼下我要出趟国，你这次任务完成得不到位，再和她多见几次，别怕花钱！万事等我回国再说。”我刚想争辩，他就提前挂断了，窝火的是他最后嘀咕一句“这么简单的事都办不好”被我听见了。这五十万不再是以前毫无瓜葛的施舍，却成了我的心结。再见几次？我还不如学那个老女人，直接再给他安排一个对象。

正作愁上愁状，我注意到原来与王东通话时，有一条短信发过来。

“今天接触对你感觉还不错，不知你觉得我如何？”

我赶紧将号码正式存上，然后输入两个字：赵芳。

翻箱倒柜，公园断不能再逛，既然有五十万打底，我将私存的各种代金券和打折卡都取了出来。

天色渐晚时，手背一道蓝线越发流畅地朝大臂三角肌逆向延伸，提醒我别忘了规矩：快进，快出。

如果有女人约你去看日出，那绝非普通意义的社交型相亲，虽然我毫无经验，但陪一个如此动人的女教师，共同面对破晓前清冽的空气与兴奋的心情，我当然知道这意味着什么。但这不可能，从没有哪个女人能在那最蓝的时间进入我的世界。一番解释后，我能听出她略带自责的语调，那奶油一样的声音似乎为唐突迈出这大胆的一步而失落。

还好再见面两人都有意无意地避开了那次尴尬，她又听从了和我一起去海洋馆的建议。在一条条玻璃鲇、锦鲤、蓝鲨和雀鳝面前，她倒还真看进去了，不知道这算不算备课范畴。一直到要看海豚表演，我才能肯定，她是个无比专注的女孩，只要有件事能让她进入，那就别指望外界有谁能干扰到她。我本身对这些怪物没有兴趣，整天看人我就够了，只是在假装海水的蓝色氛围下，我才会多些安全感。不过，同样是为蓝色世界服务的事业单位员工，我们和海洋馆的潜水员比起来，待遇差得也太大了。他们一年到头都是同样的动作和幅度，但每天都能听到喝彩，放心，周遭还有领掌的兄弟盯着你。我也一样起早贪黑，日复一日，却要遭尽白眼。我不愿去看他们比池水还要蓝的肤色，还有那对人对动物都同样恭谦的笑脸。

“你喜欢小孩子吗？”驯养员被两头海豚用嘴尖顶翻时，所有观众都在欢呼，她却问了我今天第一个题外话，“上次说到小孩子，我还没问过你。”

这问题隔这么久又被她拎出来，明显不是随便问的，是要跟我聊教育？还是试探我的生育能力，难不成她已经有个孩子在等着我了？这事可大可小，必须慎重，所以和她上次一样，我也没吭声。

“我的主动脉瓣狭窄。”太刺激了，这就像上幼儿园时我哥突然走过来说，你忘记拉裤兜子了。我完全蒙了，她看我傻愣着，干涩地笑了，“是一种先天性心脏病，小时候做过两次手术，后来痊愈了，但是大夫说，将来如果生孩子，我可能会有危险。”

“哦，那是该小心点。”我面无表情地回答，不知是否令她满意，她只是回过头继续看向远方被三番五次折腾的海狮。

“上次你老打岔，忘记和你说了，这次只是想说清楚，前两次相亲告诉人家后,都立刻没了下文。”她两只手攥得很紧，像白葡萄一样莹亮的皮肤更加滑腻。这问题一下延伸到我从未构想过的婚后阶段，没王东指示，还真不好乱说。

“当然如果将来他非要不可，我是可以……”她两只手攥得更紧了，我赶紧摇头，这时候再不表态就太不人道了。

“没人能逼你冒这样的风险。”我突然觉得自己特大义凛然，这时她要有哪个部位能让我紧紧握住就更对了。我很想从她瞳孔里探究自己这一刻的表情，但很快从眼睑四周涌来的液体强迫她将头仰起。她没再讲话，也不为自己的失态做解释，周围挤作一排的观众带来难得的热情，一起为驯养员雀跃不止。置身在全情投入的群体氛围中，这一瞬间忽然令我心生感动。

“你看那些海狮，被要得团团转，但你真能乐得起来吗？没人想过它们不听话的背后在经历些什么。”女孩这话有点重，什么意思我没听懂。不过自始至终，她都没对我那份倒霉的工作多问一句，我想我能理解个中原因了。

区环卫局的党组织部在职工之家里开会的时候，有位书记的确提过这么一句，说我们辛劳的岗位，就是这座城市的毛细血管，而我们区就在主动脉之类的话。可惜扫路我在行，修路不擅长，所以当她说自己那地方狭窄时，我心里不由自主地还是被揪了一下。因为我确实从她脸上读到了惶恐的信号，我猜这更多是对未来与现状的无助。我慌了，作为一个男人，我必须要主动做点什么，而这代表着在那五十万没到手之前，我还得往里搭进更多东西，甚至是我根本没有的。王东这是在害我，这任务一点都不简单。

书记还说要把岗位当成家，这不是骂人吗，你们家才建在茅坑上。我也不像其他人，我从不往家敛垃圾，再好的垃圾也是垃圾，这是我的工作，我没这癖好。不过它们的确内容丰富，色彩斑斓，功效匪夷所思，透露出常人难以料想的家庭隐私。每当置身于蓝黑色的世界，目光所及，均是深色线条勾勒出的浓重墨迹，这片地界儿每一处矮楼、斜街和私搭起的铁制集装房，随之裸露出各自的蹩脚轮廓。对于一楼女大学生的经期，二楼四眼儿硬盘里的存储空间，甚至砖房区哪位大妈口轻口重，我全明晰。

这么冷的季节人们不会像夏天那样，经常出门，随手把垃圾扔到街口的犄角，赶上哪一班师傅过去，就轮到谁收拾，星星散散的量，活儿也不重。冬天谁都不愿意动窝，非到清晨才会逼自己把捂在家里一晚上的垃圾成捆成捆地往外搬。尤其是几条用矮砖房缝隙拼凑成的小巷，清运车与冲刷车根本开不进去，届时此地熏天的腥臭足以覆盖环线主路。所以这个时间点和几个卫生死角，就成了领导督查的重点，而我非常有幸总能赶上这气壮山河的一笔大单。在紧张的路面作业时，我没空掏出那部天语手机，但我总能感到它在屁兜里不停地震动，一条条短信纷至沓来。

“我要上课了，别老给我发短信穷逗，我下课告诉你。”

看着满屏都是俩人络绎往来的文字，我莫名其妙地笑了，我可真没手欠到一分钟能发三条短信的效率。能把地理老师逗笑，此等修养更不可能是我，一股难以抑制的亢奋，顺着血液涌上面门，我很奇怪，这五十万从未在我心里有过如此之大的触动。工作被我划成许多四十五分钟的节拍，心情在每个节拍区间此起彼伏。于是我只能再次返回公厕。也许一早上频率过于兴师动众，组长竟已恭候多时了。

“你肾没事吧？真把岗位当成家了。”他喉咙里就像含着一颗驻守多年的老茧，我能听出这是在挤对我，“兜里揣着什么？鼓鼓囊囊的。”

“手机。”死也不能落在他手里，我显得特硬气。

“不是说那个兜，另一个，给我看看！”他比我更硬气地伸出手，立即将我兜里的东西抽走，“《冷笑话集萃》，搁东街地摊儿买的？上班看这个，我拿走了！”他顺手紧了紧裤腰带，把手里的铁铲推给我，“这天儿还看冷笑话，也不怕感冒了！下次再犯，调你去抽粪、排沼气，天天抱导气石笼。”

王东回国前，我们又见了几面，她变得明显主动，活泼起来，偶尔也有聊不到一起的时候。最后一次见面，我在她的诸多提议里，选择了骑车逛街。自始至终她都很高兴，尤其当两辆单车并驾齐驱时，冬日里难得的暖风缭绕在手腕间、臂膀上。她的话也比以前明显要多，不过说来说去都是学校里那点事。我很奇怪，相亲到这份儿上，她怎么一点实际问题都不提。

“你什么时候学会骑车的？”我们在成贤街孔庙门前把车支好，坐在一家小铺门口喝瓷瓶酸奶。她这车崭新而靓丽，很明显是刚买的。

“我吗？比较晚，大学都快毕业了吧。”她不好意思地擦拭着额头，笑着说。

“难怪你骑车把不稳，还老爱往我这边挤。”

她看着我，眼睛一眨一眨的，两腮用力吮吸着酸奶，嘴巴里不时发出咕噜噜的声音。

“我小学二年级就和我哥一起学骑车了，还是我先学会带着他。记得有一次，他自以为技术娴熟，跟我炫耀，问我敢不敢边骑车边摇头，结果我亲眼看见他的车斜着就朝墙边电线杆撞过去了。”我希望她别以为刚才我是在抱怨，就多聊了两句，她咯咯直笑，没来得及咽下的奶汁呛得她直咳嗽。

“你对我的实际情况好像并不关心，换别的女孩，上来先问清房了、车、家庭和工作。”

“你有什么好问的？身份证上的信息对了就行。”

我一听这叫什么话，等王东一下飞机，我就把这个白纸一样透亮的女孩，连带有关她所有的想法、反应和态度一一禀报，然后拿钱闪人。但我不知道这算不算是一种背叛，醋酸一样窝心的滋味我当初从没设想过。她捧着酸奶瓶，浑然不觉的样子，我越发后悔接下这个任务。

王东回来一星期后，通过秘书的预约协调，他才挤出一刻钟的电话给我。

“照片我看到了，是不错，气质也有。性格和生活习惯你了解到多少？脾气怎么样，还有，她家什么情况？”

“连同她的联系方式，我都发邮件给你了，自己看，钱什么时候到？”

“一直躺在你账户里，密码自己管咱妈要。”

“你想死吧，奸商，我算知道你保险生意怎么做大的了。”

我很少用电脑打字，为了不再跟他揪扯下去，我把海洋馆、小孩儿、冷笑话、自行车、酸奶，甚至她吃饭时的动作和说话语气，所有细节，都毫无保留地写出来发过去。指关节酸胀时，对着显示器上密密麻麻的一片文字，我从未想过她在我的生活中占据到如此比重。我还隐瞒了她先天性心脏病的事情，至于为什么，我也说不清，可能女孩早已痊愈，俩人没接触我就先捅出来，不太仗义，也可能我想为自己这份缺德的差事挽回些什么。至于他们能否有缘分，和我哥会是什么进展，我通通不愿再想。

干这份工作的，闲下来时都会想，如果没有我，这地方还能要吗，只是问，不求解。就快入夜了，每一寸拐角、坡路、草坪和台阶，都被叮当的撞锁声、散架的单车、淅沥的小便、扑腾的沸水和一股筋头巴脑的腐臭碾过。唯一带给我暖意的，只有早被哈气浸湿的口罩。一呼一吸间，我学会理解他们那套有名的理论，此地狼藉是我得以寄居在此的唯一理由。白天扔出来满地的煤渣、破玻璃酒瓶，浸润着垃圾渗透液，被冻成暗黄色的琉璃，坚固、滑润，像死尸一样戳在那里，黑灯瞎火谁要踩上一脚，晚上各家就都有节目瞧了。

下午组长通知我周末参加局里的排污技术培训，这两天都是活儿少的夜班，看着像是上刑前的福利。想来是真要把我往抽粪第一线调，越干越出息了。他说我这号儿的将来真发展到去清扫隔离带，早晚被车撞死，这算是提前救我一命，要学会感恩。

手机响了，知道这个新号的只有王东。

“这妞儿真挺好的，你就不动心？”

“我心里现在就剩一大坑，给你预备的。”我不用躲厕所里就能接电话了。

“不就五十万吗,有你的。我按你交代的和她接触了一次，还别说，身边那么多女人，我就缺这种，真少见。我特意请造型师照着你打扮，她一点没看出来，不过装穷太难受了，每次看她买东西精打细算，我就别扭。”

“你们都出去干什么了？”我半天才挤出一句他曾经同样问过我的话。

“按你自行车的戏份接着走，你可够坑人的，我都多少年没摸过车把了，不过很快我就能把她甩得老远。而且她确实有点天然呆，有次我想起你骑车摇脑袋，撞电线杆上的糗事，就说给她听，我眼泪都快憋出来了，她却像看外星人似的瞅着我，一点反应都没有。”

我将手扣在脸上，两眼紧闭，我不能再听下去，把电话挂掉倒头就睡了。

后来几天，王东将他们见面的情况发邮件给我看。

“今天我想多带她去点有乐趣的地方，但又不能出手太阔气，特意找了家小门脸的意大利餐厅，还买了两张最便宜的新年音乐会演出票。

“今天我带她去了趟游乐园，坐了最刺激的太阳飞车转盘和六十米高空速降，很久没这么痛快过了，尤其在鬼屋里搂她的时候，我还真有了那么点儿幸福感。”

高空速降？他疯了？我突然后悔没把她身体的状况全盘托出，一旦出事我简直无法想象。但她的心脏，她自己最清楚，既然肯去，说明她自有打算。或者，那只是她当初试探我的一个幌子？不管，删掉邮件，我提前朝抽粪车作业的方向走过去，仿佛只有这稠密的粪汁，才足以弥合住眼球里那一道道冰碴般的蓝色裂纹。

有心脏病还强迫自己跟那孙子玩儿命，她图什么？她奶油般的声音和紊乱的车技，能与他合拍？以王东他妈的作风，她肯定会被要求生男孩，到时他保护得了她吗？轮休时，无数个诸如此类的怪乱想法，盘旋在我幽蓝色的眼球上，不胜其烦。

我已经能独自扛起五十公斤重的抽粪管熟练作业了，每天要清理五个粪井，然后将超过十五吨的排泄物运往城外的粪便消纳站。手里工具也随之鸟枪换炮，改用钢绳、铁叉和镂空的麻手套，以及防毒面罩——化粪池内的各种有害气体足以致命。这里多半都是扎根近三十年的老师傅，我亲眼瞅见同组一个大腹便便的前辈，勾开井盖后抱着粪管插入粪井，随着“隆隆”的开泵声，扑鼻的恶臭迅速蹿升，连苍蝇都被恶心得不好意思多待。为防止堵塞发生，他不停地晃动粪管，这最考验一名抽粪工的技术底子和经验。他还教我先吸上面一层厚漂，也就是大便，然后再把管子插进去抽水和尿，而且两个搭档必须默契。胖师傅上一位兄弟，就是在下井挖渣时，被沼气熏死了，所以和他们处出感情很重要，因为那种薪火相传的仪式感和手足之情，紧要关头真能救命。

这份工作仅有的好处，就是工钱小有提升，而且我终于又有新搭档了，当然最重要的，干这差事，我完全没有思考的空隙，我已经累得连想一想赵芳的力气都没了。甚至我曾任意主宰的蓝黑色世界，也都随着季节的转暖而有些生疏。和我的师傅们在一起，我被一股白花花的粗糙与豪迈包裹，阴冷的蓝线只有那根思绪偶然跳动时，才又若隐若现。

当然，我们终归还是会见面的。春分前的雨季使清早显得冷艳，久经浸泡的粪便和垃圾渣常会堵死在井内。晨雾下，冒雨掏井就成了我每次作业前临时加码的一道工序。那里面真的什么都有，矿产丰富，鞋垫、碎砖块、白菜心、钱包、废电池，不同的是它们完全没有我干清扫时那种十足的现代感，我的脑子里除了将它们清光清净，没工夫引发任何联想。“不能都抽干，下面全是渣，会把吸粪管堵死，你要均匀地摇……”师傅的指导悬在半空，我不解地追着声音望过去。

“你抽完这个就歇会儿，差不多行了，赶紧上来。”不远处一道白色身影好似水中芙蓉般楚楚动人，她倔强地伫立着，一动不动。我想我像蜥蜴般爬上来的样子一定很难看，厚重的污水甚至要把我的裤子拖坠下来。

“你怎么找到这儿来了！”我不好意思地背身甩过师傅朝她的方向跑去，没敢碰她一下，我身上的粪便已在雨水下发酵成一股酷似酸菜的味道，这是一道干我们这行都不会吃的菜，即便我们已经闻不出来了。

她不做反应，只是幽怨地看着我，我顾不上干不干净，拼命地猛摇着她的双臂。

“你到底是怎么找到这儿来的？你是心脏有问题，还是脑子有问题？”仿佛这种质问才能掩盖住我的不安。

但她没有再吐出一个字，在现实生活中，她跟我在一起时话就很少，更何况是梦里。

很不幸，一觉醒来，外面淅沥不停的雨却是真实的，我很失落，整天突突的抽泵器把我的心都捣碎了，真不想出门。这种天气想请假是不可能的，一切都和梦境几乎如出一辙，积水被豆大的雨水砸出一个个丁字泡，我和师傅轮番跳进井下清理粪渣。有所区别的是，现实的程度往往严重许多，我负责的粪井已经在往上冒了，墨汁一样的粪便还会跳入嘴里，因为机器很难及时减速，冲出来高气压很容易致使管子里的粪便爆炸出来，所以我必须竖起耳朵听师傅在井上对我的动作细节做出指导。

“不能都抽干，下面全是渣，会把吸粪管堵死，你要均匀地摇……”他的指导仍然悬在半空，就像是在梦里一样，我抬头追着声音望过去。

“你抽完这个就歇会儿,差不多行了,赶紧上来。”我疯了，现在是做梦还是真实发生的？我顺着他阴沉下的脸孔，朝对面看，眼前的景象令我浑身瘫软。她依旧倔强地伫立在街口，像一座尊贵的美人雕塑。我尽量让自己蹬出来的动作不那么难看，两手下意识地紧攥住被污水拖拽的裤子。

“你怎么找到这儿来了？”和梦里一样，我没敢碰她，并非怕她嫌脏，而是她逼视的眼神令我无法靠近。在她令人畏惧的目光里，我的愧疚、懊悔和自私全部无处遁形，想到曾经那不知所云的优越感，我就像一个被孩子唾弃和嘲弄的失败小丑，垂丧着头，失魂落魄。

她比这雨水还要冷，似乎是在等我自问自答，而我的心如同生吞下一大口刚出锅的热馄饨，那种饥饿感，炽烈发烫。有太多话想抛给她，但在她僵硬直立的姿态和敌意下，我早已心乱如麻。

“如果你有时间，收拾一下，你知道对面有家咖啡馆，我去那里等你，你敢来吗？”也许是意识到我的窘相实在不堪，她不想再耗下去，斜着头瞪大双眼盯着我看，示意在等我意见。

轰隆隆的抽泵车再度启动，师傅在身后接替我继续卖命。我垂下头，被压迫得没敢再和她对视，只是轻轻点了一下，算是答应了。

“这都是他的主意，我只是照方抓药……”

“你耳朵聋了？我没问你以前和现在，我要你说以后打算怎么办。”她的口气很厉害，而且姿态强势，我这才注意到和梦里不同，她化了很职业的妆，而且穿戴起一套档次不低的修身西服，凝重的香水味足以控制住我的不安。在这间装饰精美，暖气充足的咖啡馆里，即便换掉工服，我也显得太过另类。她杀气太盛，对面的刀叉餐具和方巾都被迫浮悬在半空，蓝色的咖啡也跟着溢出杯口，仿佛是丝滑的绸缎缭绕一团，或者说，那更是一条怨怒的蓝白相间的紫晶蟒，一句话不对，我便有被生吃活剥的可能。

我还是决定不表态，自从看到王东的邮件，我就该想到早晚会被她发现这一切。但我不知道我哥都跟她说了什么，那孙子这些日子甚至完全跟我切断了联系。昏沉的壁灯在她侧脸上培植出一朵艳丽的紫罗兰，我终于有幸领略她鲜为人知的另一面。

“你跟你那双胞胎哥哥演双簧，就不怕我告你们诈骗？”她这话明显不用我回答，所以我只是看她抿了抿嘴唇，非常利索地从包里取出一堆照片和打印纸。

“这些是你们哥儿俩轮番和我妹妹约会的证据，每时每刻，分毫不差，甚至你们何时开始换了人，我这儿都有记录。”

我傻了，坐在面前的女人到底是谁？连日的井下作业再度令我的梦幻与现实叠加？我紧闭住眼皮，希望再次睁开时能认清她的样子。

没错，就是赵芳。

“土包子，动动脑子，你们能是双胞胎兄弟，我们就不能是双胞胎姐妹吗？”漂亮女人趾高气扬的样子令我终于能相信她的确不是赵芳，但我仍然感到不可思议。

“你哥在董事局里，位高权重，就是管不住自己的裤裆，所以你妈想早点为他讨个老婆，以防将来有谁打女人的主意整他。”她从包里取出一支烟点上，好像憋了很久，“其实咱俩也算有过交情，我在银行信贷审查部是一把手，去年老太太为你跟我谋个差事，手续都办好了，最后居然是你自己不同意，我就知道王东有个傻弟弟。”

“那赵芳呢。”我对这些毫无兴趣，终于张了嘴，透过缥缈的烟气，这女人的艳丽面容流露出一丝得意。

“好在你妈对我的情况了解不透，谁也不知道我还有个妹妹，她只说托我介绍相亲，没讲是她亲儿子，但别忘了我是干什么的。你先前见到的确实是赵芳本人，她人有点儿傻，死笨死笨的，我怎么能允许她钓到你就收竿？我在等你哥，他回国后其实只和赵芳见了一面。等俩人约好再见面继续骑车郊游、玩过山车时，就已经是我亲自接棒出马了。”

我心头一震，之前赵芳讲过的那些话我没听懂，也一度担心她的心脏，以及王东是否会穿帮，但在这个漂亮女人出现后，一切都不难理解了。

“没错，所以我妹什么都不知道，她只是服从我的意思，让她替我相亲，就乖乖会面，让她下场，就老实退出，她那脑子根本没法发觉你在为你哥打掩护。其实我跟你哥，门当户对，结次婚，犯不上这么拐弯抹角，不过我失策了。”赵芳的姐姐不再挂着笑容，而是一脸严肃地板起面孔，“我低估了王东对女人的直觉，他只见了赵芳一面，就把控不住了。我跟他见的第二次就去酒店开房了，上床前他问我到底要什么，我就知道出岔子了。”

我想乐，但是忍住了。

女人盯住我，她好像什么都不在乎，她比王东能豁得出去，他们俩才是绝配。

“你哥要跟赵芳好，不顾一切，我这人心宽，也就答应了，但事情没那么便宜。他搞女人是把好手，花样多，有深有浅，做生意却也有搞不定的时候。你哥需要我出手，我也急着找个固定的搭档，于是一拍即合，我们还是决定联姻。”

我终于有松弛的心情去品一口咖啡，她很快就读到了我的心思。

“不过你别误会，是咱俩联姻，你和我。”

滚烫的咖啡直接呛入气管，我差点满口喷射到她脸上，强咽下后她看到我的眼球凸起，拼命咳嗽不止。

“你不吃亏吧？你小子转运了，还没听明白？你将以你哥的身份与我结婚，当然只是名义上的，这对我和他的事业都有好处。你也能从中得到这辈子都无法想象的东西，那就是几乎没法限量的财富。”

“那赵芳呢？”我再次提出同样的问题。

“你哥已经跟她定好蜜月旅游的行程了，随后两人会定居欧洲，有你站在台前，我想他下半辈子很少会再回来了，生意场上的事情有人替他打理。你妈等着哭吧，有这么一个要美人不要江山的傻儿子，你们兄弟俩情商都低。”

“我问你，赵芳呢？”

“干吗？不服气？我妹妹，历来是我说一，她绝不说二的。再说嫁给王东，也算我为她找了个好归宿。现在你有两条路，走不走？”

我的眼睛朝墙壁上一张墨蓝色油画望去，那画里像是东欧多瑙河畔的某个村庄，脑子里都是王东和赵芳在画里欢笑骑车的景象，女人在问我话，我一时辨别不出，村庄里的人，到底是王东还是我。

“往哪儿看呢？最后问你一句，两条路，要不跟我领证，我正式插脚你们王家，甚至可以介入董事局的事情，你也不用再干这份倒霉差事了。要不，你跟你哥摊牌，兄弟俩去争赵芳，只是她会信谁，你自己掂量。一个掏粪工，一个金龟婿，这不是很难做的选择……”

后面女人又说了好多话，我都没怎么听进去，只是见她的嘴唇在不停地挤动。我看窗外的雨已经快要停下了，稀薄的云层难掩光耀，师傅一定在等我回站里了。

“很抱歉到现在我还不知道你叫什么名字，我想我也不需要知道了。你算错了，我还有第三条路可以走的，因为我对你们的勾当完全没兴趣。”

“那只能说明你没种。”她的嘴唇开始颤抖，眼神里流露出又恨又怕的慌张，我想我当时的脸色一定很难看。

“就在昨天晚上，我处理的粪井开始往外冒黄汤，我下身进去清理垃圾，发现堵住管道的，是一具死婴，他的头骨死死卡住我的抽粪管，是我用手一点一点择干净的。”她扭曲的表情似乎完全无法理解我在说什么。“永远不要对一个环卫工说你没种，那只是代表他对你不感兴趣，大粪和你比起来，都不会更难闻。”

“我会等你电话的！你哥果然没说错，你就是茅坑里一块冥顽不化的臭粪石，他不会对你坐视不管的！”女人在我背后尖叫着。

走回街上，师傅正坐在车里等我，他问我走不走，我说待会儿走。抬头看看天空，远方照过来一抹橘色的艳阳，后视镜里，他露出黄板牙，笑着说那妞儿真地道，是你女朋友吗？我说晚上请我喝酒我就都告诉你。我累了，感觉特没劲，坐靠在地上想喘口气，婆娑的墙皮像是也有话对我讲，我点点头，连说了声“好吧，好吧”。

我想可能再也见不到赵芳了，看得出，她始终都在极力找寻自己的路，却永远被裹在姐姐的利益中。回想起她当初欲言又止的脸色，和浅尝辄止的那些心事，我很遗憾没能多问一句，再听下去，更后悔最初拒绝了她一起看日出的建议。或许她姐说对了一句，我确实没种。以后的她，在王东面前，是否还有机会重新倾诉？不得而知。更令我难受的，她想必永远都不会知道，有我这么一个人存在，在她眼里，自始至终，只有王东。而对我来说，我又怎能肯定，这前前后后，不会只是赵芳一个人呢？我倒吸一口凉气后，不敢再想。

晚上收工回家的路上，师傅开着车，我拿手机出来玩，还没任何人知道我这个新号。

“如果平凡自在的生活在前方招手，眼前的浮华与奢靡也很吸引人，你愿意走向哪边？”这是我前两天看一部港台烂片时记下的台词，无聊时存在短信箱里，有意无意间，我又重新翻看了一遍。

一字一顿，打出一串数字，将这句台词发了出去，赵芳的手机号我还能记得。不过这是一个陌生的新号，没头没尾像是发错人了，她不会知道是谁的。也许正是想到这一点，我才难得能有种一回。

“晚上吃烤串儿还是麻辣烫？”师傅问我，“他们都到齐了，问咱俩的意思。”

“羊蝎子吧，别抠抠搜搜的，今儿我请。”

师傅扭头瞪了我一眼：“真要是哪天不想在这儿干了，你再说这种话，今天还轮不上你。”

我识趣地看向窗外，天气刚刚暖和些，路边的摊位上已经坐满了情侣，按说这是令我们这行最头疼的场面，但今晚我却没想太多。

“我准备好了。”那边回过来这样一条短信，我仰起头，让即将包裹住眼球的那股胀热快些退去，因为马上又要见到一堆老师傅。今晚的饭，我请定了。

【后记】

不经意间，重活十年

常小琥

很长一段时间以来，北京这座城市对我们这一代人究竟意味着什么，可能许多人会和我一样，并没有认真想过，或者说，没想明白过。从20世纪80年代出生，到今天，说得俗点，弹指一挥间，很多事情都在发生着变化。有些变化没有人跟你商量过，连问都不会问你一声，便拔地而起。这就像是谁给你推了一剂杜冷丁，要过很长的时间，那阵疼痛才会钻进心里。更可怕的是，面对周围人的漠然，你还要撑住，谁先喊疼谁就是孙子。

今时今日的我，早已搬到了北京南四环外去住了。有几次，再度回到儿时生长的旧地，我竟有了平生从未有过的感触。一寸寸砖墙，一处处杂院，它们的处境，仿佛我都能听得见。那条细长的小街上，两旁种植着茂盛的槐树，在路人头顶纵横交错，尤其在秋夏交界的时光中，斑斑点点的树影，洒下来，像个天然的幻灯机，每走一步，就是一幅艳丽的画。我站在陶然亭公园北门东侧的街边，便利商店、面包房、报刊亭、致美楼饭庄、经济日报社，都在整齐划一地进行着翻建、装修或拆迁，远处还驻扎着训练有素的基建公司的工人，他们挖地基，修管道。这里的黄昏，本该是斜晖脉脉之时，我却感觉到一种兵临城下的紧迫感。在街对面的中国戏剧学校，整栋楼都被枝枝蔓蔓的树枝围裹着，忽然我听到一段短促而强劲的唱声，仰头望去，是一个女孩正在吊嗓子。我退回几步，只求能错过树枝，看清她的容貌，反反复复中，却只看见了那件米黄色的衣裙。

继续听，我是外行，识不出好赖的。她的吊嗓，也许是专注地在找调门，也许只是随意地扯一扯，但在我听来，那却更像是一种呼救。一条街，咫尺间的距离，我却仿佛看到那美好的旧日时光，近在眼前，却无从追寻。

人对家乡故土的依恋，大体上仅次于男女间的相思之情，会更多地把它表现在文学作品里。所以这也在有意无意间，成为《琴腔》这部小说最原始的一种写作视角。因为我喜欢把人物设置在那半旧不旧、半生不熟的年代里，任其人、其事，自然发酵。秦学忠和岳少坤，两人一个出世，一个入世，在故事的行进过程中，彼此交集、感染、改变，最终甚至发生转化。在写作完成之后，我也会想，这与中国人传统道教体系里，所一贯秉承的福祸相依、否极泰来，是一个意思。出世到了极致，也会转为入世，而入世过了极限，自然会出世，这些完全是小说中的人物和故事本身教会我，并且令我体验到的。写之前，我不会想到这些。所以我在很多场合都讲过，我要感谢《琴腔》这部小说本身，我塑造了它，同时它也成就了我，回赠了我很多礼物。

因而我从不避讳的是，《琴腔》离我写作本意，偏出了许多距离。在写它之前，我只是很简单地想表达两个不同的长辈，如何对待自己孩子的问题。上一代人总会一厢情愿地将自己的成就或者未竟事业，强加于下一代的身上。那么，一头是孩子争气，却离你很远；另一头则是孩子没长进，却与你不离不弃。做长辈的怎么选，影响的是彼此的生活与命运。当然，在动笔之前，我是有所倾向的，我以为我很清楚，但其实在写的过程中，人物和那个年代的很多细节会带给你另一种答案，那就是没有答案，这种事情，是好是坏，孰对孰错，是说不清楚的。

所以我很幸运，没有急着为笔下的人物盖棺定论，我喜欢听取他们的意见，看看他们想说什么。其实很多地方，我以为，真的不是我在写，而是他们拖着我走，带我去看看这儿，瞧瞧那儿，我能怎么办呢？总不该硬甩掉他们，另起炉灶，重新找个人来替他们要走我写好的路吧？我又能有什么好路可走。

于是有的人看完这部小说后，会认为后三分之一的走向，可以商量，结构上可以更精致，我倒以为，小说本身的好坏，决定因素并不取决于结构。如果你真的在意文字里写的东西，在意它并没有按照你的想法去推进，那倒不如去想想没写到的地方。我想《琴腔》之好，在于它应该是有给你去联想的空间和意蕴的，它真的成功地构建了一个离我们并不遥远，却恍如隔世的生活年代。

听朋友讲，纽约摄影学院里有句话，在离你家方圆五十公里内的地方找素材拍，如果那样你都拍不出东西，你就是跑到天涯海角，也会一无所获。我觉得这样的道理，同样适用于文字。那些你熟悉的、依恋的、确定的东西带给你启发，触动你的情感，会令你写出许多不确定的东西，这便是写作的意义及魅力吧。

我开始阅读大量有关北京城的史料、小说和纪录片，当我再度踏进南城，那里的一砖一瓦，每条街巷，似乎都有许多的话要对我说。现在想来，当时的那种情感，应当是习惯常年漂泊在外，或者背包游的成年人根本无法认同的。直到我看到黑泽明的自传，看到小津安二郎的电影，看到侯孝贤的《童年往事》《冬冬的假期》，他们谁也不会避讳，童年与家，对自己成长之路的影响，更不会羞于提起那段青涩甚至幼稚的想法。

图书在版编目（CIP）数据

琴腔 / 常小琥著．—北京：北京联合出版公司，2015.4

ISBN 978-7-5502-4406-1

Ⅰ．①琴… Ⅱ．①常… Ⅲ．①长篇小说－中国－当代 Ⅳ．① I247.5

中国版本图书馆 CIP 数据核字（2015）第 001258 号

琴腔

作　　者：常小琥
责任编辑：孙志文
特约监制：赵　菁
产品经理：徐蕙蕙
特约编辑：李　鑫
封面设计：陶　雷
内文插图：孟　辉

北京联合出版公司出版
（北京市西城区德外大街 83 号楼 9 层　100088）
北京鹏润伟业印刷有限公司印刷　新华书店经销
字数 108 千字　880 毫米 ×1230 毫米　1/32　6.5 印张
2015 年 4 月第 1 版　2015 年 4 月第 1 次印刷
ISBN 978-7-5502-4406-1
定价：38.00 元